La noche más salvaje

HEIDI RICE

HARLEQUIN™

Editado por HARLEQUIN IBÉRICA, S.A.
Núñez de Balboa, 56
28001 Madrid

LA NOCHE MÁS SALVAJE, N.º 1950 - 20.11.13
Título original: One Night, So Pregnant!
Publicada originalmente por Mills & Boon®, Ltd., Londres.

I.S.B.N.: 978-84-687-3619-8
Depósito legal: M-24142-2013
Editor responsable: Luis Pugni
Fotomecánica: M.T. Color & Diseño, S.L. Las Rozas (Madrid)
Impresión en Black print CPI (Barcelona)
Fecha impresion para Argentina: 19.5.14
Distribuidor exclusivo para España: LOGISTA
Distribuidor para México: CODIPLYRSA
Distribuidores para Argentina: interior, BERTRAN, S.A.C. Vélez Sársfield, 1950. Cap. Fed./ Buenos Aires y Gran Buenos Aires, VACCARO SÁNCHEZ y Cía, S.A.

Capítulo Uno

Tess Tremaine taconeaba al ritmo de *Like a Virgin* sobre el reluciente suelo de la recepción de Graystone Enterprises, sin apartar la mirada de la puerta de cristal opaco que conducía al despacho de Nathaniel Graystone.

Sentía un enorme peso en el estómago. Había sentido el mismo peso hacía más de una década, cuando, con quince años, con el cabello teñido de color magenta y un pendiente en la nariz, vio cómo el rostro de su padre se congestionaba de ira.

La buena noticia era que el pendiente y la cresta roja habían desaparecido. Su cabello, que llevaba recogido de manera muy sofisticada, había recuperado el tono rubio natural. La mala noticia era que el fuerte y salvaje temperamento de Tess no hubiera seguido el mismo camino que el pésimo gusto por la moda que había tenido por aquel entonces.

Tal vez había dejado atrás los malos modales y el terrible peinado para comprarse un guardarropa decente, adquirir una nueva pátina de sofisticación y cruzar el Atlántico para tratar de abrirse camino como una de las organizadoras de eventos mejor consideradas. Sin embargo, bajo aquella apariencia, existía aún aquella fierecilla de entonces.

Cruzó las piernas y deslizó una mano temblorosa por el bajo de la falda de tubo mientras volvía a taconear sobre el suelo de granito, lo que le reportó una mirada de reprobación de la impecable asistente personal de Graystone.

El peso que sentía se convirtió en un bloque de cemento cuando miró por la pared de cristal que había a su derecha, hacia Bay Bridge.

Por primera vez desde aquella escena, lejana ya en el tiempo, ocurrida en el despacho de su padre, no tenía ni idea de lo que hacer a continuación. Nada de lo que pudiera hacer lograría borrar aquel acto de locura tras la fiesta de Galloway, hacía ya seis semanas. Por supuesto, en aquellos momentos se había sentido muy herida emocionalmente. Si no, jamás habría caído tan fácilmente bajo las atenciones de Graystone.

En circunstancias normales, jamás se habría sentido halagada por su interés. Se habría mantenido digna y distante… y completamente sobria. Sin embargo, aquella noche, las circunstancias no habían sido normales.

Dan la había dejado después de estar saliendo trece meses, algo que ella jamás se había esperado. La había acusado de ser frígida. Aunque aquello podría ser cierto, dado que el sexo con Dan era tan excitante como ver crecer la hierba.

Tess seguía sintiéndose enojada, dolida y confusa.

El momento que Dan había elegido era impecable, porque, después de darle la noticia, ella había tenido que marcharse para ocuparse de uno de los eventos más importante del año en la bahía.

Se había sentido dolida, enojada y perdida, pero eso no excusaba las dos copas de champán que se había tomado con el estómago vacío nada más llegar, o el modo en el que se había embriagado con la potente masculinidad de Graystone cuando terminaron sus deberes de organizadora del evento.

Debería haber evitado mirarlo y tocarlo. No debería haber flirteado con él. Jamás debería haberle dado pie porque, en cuanto él llegó con su impecable esmoquin negro, exudando poder y autoridad, potencia y peligro, resultó evidente que un hombre como Graystone podría manejar a su antojo a una pobre organizadora de eventos frígida como ella.

Entonces, la fierecilla descarada de su juventud hizo acto de presencia, junto con todo lo que tanto se había esforzado por enterrar desde aquel día en el despacho de su padre.

Detuvo el taconeo al recordar cómo Graystone la había levantado contra la puerta del cuarto de servicio que había tras las cocinas como si no pesara nada y se había hundido bruscamente en ella, llenándola de un modo al que Dan ni siquiera había logrado acercarse.

Un fuerte calor se apoderó de ella.

«No pienses en eso ahora. Ya estás metida en suficientes líos».

Sí, la experiencia había sido breve, tórrida y demasiado satisfactoria. Lo había sido tanto que ella se había quedado saciada e incapaz de moverse hasta que por fin recuperó el sentido común y salió del cuarto tan rápidamente que se olvidó allí las bragas.

Parpadeó cuando un nuevo recuerdo le provocó otra oleada de calor.

Desgraciadamente, olvidarse de Graystone y de su breve encuentro no iba a ser tarea fácil.

«No pienses tampoco en eso».

Taconeó con más fuerza sobre el suelo, ignorando la mirada de la asistente personal. ¿Qué posibilidades tenía de que él al menos la recordara? Sin duda, habría tenido una larga lista de conquistas desde el día de aquel evento.

No cabía ninguna duda de que un hombre con tanta potencia y energía, por no mencionar un conocimiento tan profundo del clítoris de una mujer, distaba mucho de ser un amateur.

El taconeo se interrumpió cuando un extraño sentimiento de calma y decisión la invadió. No podía consentir que aquello importara. Podría tener todos los ataques de pánico que quisiera ante la idea de volver a verlo, pero había una cosa de la que estaba completamente segura, porque la había aprendido en el despacho de su padre el día en el que él la apartó totalmente de su vida.: una persona no podía escapar de sus errores porque siempre terminaban por alcanzarla.

Fuera lo que fuera lo que Graystone le dijera, se enfrentaría a él.

El intercomunicador de la mesa de la asistente personal de Graystone cobró vida. Tras apagarlo, la mujer le dirigió a Tess una pasiva sonrisa.

–Puedo preguntarle ahora al señor Graystone si tiene tiempo para recibirla, señorita Tremaine –dijo con voz neutra–, si me da algunos detalles del propósito de su visita.

–Bien –repuso Tess–, ¿podría decirle que soy una de las personas que ayudó en la organización del evento al que asistió el veinte de julio? Necesito verle por un tema personal –añadió. Esperaba que aquello fuera suficiente para refrescarle la memoria.

La secretaria asintió y repitió aquella información al intercomunicador.

La pausa que se produjo a continuación puso a Tess muy tensa. ¿Y si él se negaba a verla? ¿Qué haría ella entonces?

Justo cuando estaba empezando a sentir cómo el pánico se apoderaba de ella, una profunda voz, de lacónico y familiar acento americano, resonó en la estancia.

–Hágala pasar, Jenny. Y no me pase ninguna llamada.

–Hola, Tess. Menuda sorpresa.

La relajada sonrisa que se reflejó en el rostro de Nathaniel Graystone cuando se acercó a ella provocó que los latidos del corazón se le aceleraran y que cobraran vida varias partes de su anatomía.

–Menuda sorpresa –repitió mientras le indicaba uno de los enormes sillones de cuero que había colocados alrededor de una pequeña mesa de café.

Tess se sentó muy rígida y trató de controlar la respiración. No estaba del todo preparada para volver a verlo. En vez del elegante esmoquin, llevaba una camisa azul clara que marcaba sus anchos hombros. Unos pantalones grises le colgaban elegantemente de las caderas. Su cabello negro, muy corto, suponía un gran contraste con unos maravillosos ojos azul zafiro que brillaban con picardía, como si los dos compartieran un emocionante secreto.

Seguramente así era.

–¿A qué debo el placer? –le preguntó él.

–Necesitaba verte.

Él no pareció sorprendido por la respuesta. Tess sintió que el vello de la nuca se le ponía de punta. Por supuesto que no parecía sorprendido. Sin duda, estaba acostumbrado a que las mujeres lo persiguieran y se arrojaran a sus pies. Sin embargo, la indignación no tardó en transformarse en humillación.

La arrogancia que él había mostrado en la única noche que estuvieron juntos había sido una de las cosas que a Tess le había resultado más irresistible. Ella, que llevaba diez años luchando para estar al mando de su propio destino, había sucumbido demasiado fácilmente a la dominante masculinidad de Graystone, unas cuantas frases sugerentes y unas miradas llenas de sensualidad.

Él había hecho que se sintiera deseable de un modo que Dan jamás había logrado. Dan jamás había mostrado la misma urgencia ni dedicación a la hora de bajarle las bragas. No era de extrañar que, aquella noche, Tess se hubiera sentido tan vulnerable ante él. Había sido un bálsamo para su frágil ego.

Él volvió a sonreír y apoyó el cuerpo contra el escritorio al tiempo que se cruzaba de brazos. Entonces, le miró las piernas de arriba abajo.

–A ver si lo adivino –dijo. Su profunda voz le provocó un escalofrío en la espalda a Tess–. Has venido a recuperar las braguitas.

Tess se aclaró la garganta al tiempo que los pezones se le erguían casi dolorosamente contra el sujetador. La sangre caliente le ruborizó el rostro.

–No exactamente –susurró.

–¿Estás segura? –bromeó él muy seguro de sí mismo.

Tess se levantó del sillón.

–Sí... Yo...

El pánico se apoderó de ella y borró la bruma de la excitación que la envolvía cuando recordó el cambio tan dramático que había experimentado su vida aquella mañana, precisamente a las ocho y veintidós.

–No he venido aquí para otro polvo rápido...

La sugerente mirada le decía que era una mentirosa.

–En ese caso, ¿qué te parece si esta vez es lento y meticuloso?

La indignación se apoderó de ella, borrando por completo la culpabilidad que sentía.

–Mi apartamento está a pocas manzanas de aquí –añadió sin esperar a que ella respondiera–. A pesar de que el cuarto de servicios fue memorable, creo que sería mucho mejor una cama...

La miró a los ojos. La oscura excitación se reflejó en aquel azul traslúcido, recordándole el momento en el que él la agarró y la metió dentro del pequeño cuarto. Entonces, la ira se apoderó de Tess y se hizo dueña de su lengua.

–No he venido aquí para acostarme contigo, cerdo arrogante. He venido para decirte que esta mañana me he hecho tres pruebas de embarazo –replicó. Las palabras fluían de su boca con fuerza y velocidad–. Las tres han dado positivas.

La pequeña satisfacción que Tess sintió fue breve. En vez de parecer atónito o al menos sorprendido por la noticia, Graystone dijo con sorna:

–¡Vaya! Menuda manera de enfriar la pasión.

Nathaniel Graystone controlaba su genio perfectamente, a pesar de que la sonrisa despreocupada que tenía en el rostro le estaba provocando un fuerte dolor en las mejillas.

–Y supongo que me vas a decir que el bebé es mío.

El placer que había sentido al verla había sufrido una muerte rápida y dolorosa.

Aquella noche, ella lo había vuelto loco con sus ligeras caricias, su manera de ser divertida, directa y sin pretensiones y con una pasión irrefrenable y primitiva que había estado a punto de hacerle perder la cabeza.

Entonces, cuando ella se marchó, dejándolo de pie en el pequeño cuarto de servicios, con los pantalones bajados y nada más que unas braguitas rasgadas, solo le quedaron como recuerdo de lo ocurrido varias noches de insomnio plagadas de tórridos sueños. Había estado en lo cierto al sospechar de la química que había entre ellos. Había necesitado de una gran fuerza de voluntad para no llamarla en las seis semanas que habían pasado desde su encuentro. Todo había sido algo preparado, de principio a fin, tal y como él había sospechado cuando ella se marchó sin ni siquiera tener la decencia de despedirse.

Igual que Marlena...

–¿Bebé? –gritó ella–. Aún no es un bebé. Es un grupo de células.

Graystone la miró. La desesperación que se reflejaba en aquellos ojos verdes parecía indicar una estresante situación emocional. Maldita sea... era una actriz consumada.

–Sea lo que sea –dijo él–, yo no soy el padre.

Ella guardó silencio.

–Mira, guapa –dijo él sin borrar la sonrisa de los labios–. Aquella noche me puse un preservativo y solo lo hicimos en una ocasión. Aunque mi esperma estuviera compuesto por nadadores olímpicos, no podrían atravesar el látex.

–Sé que te pusiste preservativo –admitió ella–, pero evidentemente no te lo pusiste tan bien como hiciste todo lo demás aquella noche.

La descarada respuesta lo sorprendió. Se había

esperado una actitud más compungida e incluso algunas lágrimas. Sin embargo, ella se había tensado como si se estuviera preparando para la batalla. El rubor que le cubría las mejillas y la ira que se le reflejaba en los ojos le daban un aspecto fiero. Los ojos le relucían. Graystone se obligó a ignorar el hormigueo de la excitación.

–Me puse el preservativo perfectamente –afirmó él.

Ella suspiró, pero la expresión de su rostro al mirarlo parecía cansada en vez de calculadora. Graystone suponía que todo formaba parte de su actuación, por lo que le resultaba más enojoso aún la extraña sensación que tenía en el vientre.

–Si tú lo dices –murmuró ella, casi de forma inaudible. Entonces, agarró el bolso y realizó un rápido asentimiento con la cabeza–. Supongo que esto es una despedida, Nathaniel. Ciertamente, fue una noche memorable…

El tono triste de aquellas palabras lo sorprendió, pero no tanto como notar que la tensión le atenazaba los hombros a Tess mientras se dirigía a la puerta y se marchaba sin mirar atrás.

Tess esperó a que se le tranquilizara la respiración para mirar a través del parabrisas la casa de su amiga Eva en Haight Ashbury.

Eva y su esposo Nick habían adquirido el edificio en su totalidad hacía seis meses, después del nacimiento de su hijo Carmine. Acababan de terminar las obras de remodelación aquella misma semana, pero ya se había convertido en la casa familiar y maravillosa que sus dueños habían esperado conseguir. Tess se avergonzó al sentir cómo la envidia se mezclaba con la profunda tristeza que le atenazaba el estómago.

Flexionó los dedos y se obligó a soltar el volante. Entonces, tomó el regalo que les había comprado para la casa y salió del Chevrolet. No se molestó en cerrarlo con llave. Después de todo, ¿quién se lo iba a robar?

Se había gastado gran parte de su suelto del año anterior para crearse un guardarropa de diseño pero, en aquellos momentos, dar la imagen adecuada era la menor de sus preocupaciones. Trabajaba por cuenta propia y ya tenía algunos contratos muy lucrativos para el año siguiente, pero nada espectacular. Había estado viviendo por encima de sus posibilidades. Además de la ropa de diseño, había adquirido un dúplex en Parnassus que le encantaba, pero que le costaba más de tres mil dólares al mes. Sabía que era un coste excesivo, pero, ¿a quién le importaban unas cuantas facturas de más cuando le estaba empezando a ir tan bien en su carrera?

Sintió que se le cortaba la respiración. Había empezado a importarle en aquellos momentos.

En realidad, no tenía ninguna seguridad en su trabajo. Contaba con un seguro médico básico y unos gastos fijos que podrían ponerla en una situación muy difícil si dejaba de trabajar durante un tiempo.

Tendría que empezar a buscar trabajo extra, pero ¿qué posibilidades tenía de encontrar trabajo en medio de una recesión para poder tomarse un descanso en su carrera y luego poder alimentar dos bocas?

Parpadeó con furia. Los ojos le escocían.

«No lo pienses. Todavía no. No tienes que decidir nada en estos momentos».

Subió los escalones de la entrada y llamó al timbre. Se sentía presa de la angustia y la desesperación. Siempre había pensado que jamás volvería a sentirse tan sola como lo había estado a los quince años. Sin embargo, tras su desastroso encuentro con Nate Graystone aquella mañana, había descubierto que estaba equivocada.

Volvió a llamar al timbre.

Eva tenía que estar en casa. Era la persona más dulce y auténtica que Tess había conocido nunca. Se habían conocido en la universidad, pero desde que Eva se mudó a San Francisco hacía tres años y se casó con Nick Delisantro, su amistad se había hecho más profunda.

Eva no la juzgaría. Se solidarizaría con ella, la reconfortaría y le ayudaría a decidir lo que debía hacer. Dirigía una empresa de genealogía en Internet que tenía mucho éxito. Era inteligente, analítica y sensata. Por eso había acabado con una vida tan perfecta: un marido guapísimo que la adoraba, un hermoso bebé...

Los pensamientos de Tess se detuvieron en seco. No le parecía que pudiera soportar ver a Carmine justo en aquellos momentos. Miró el reloj y decidió que, por suerte, se estaría echando la siesta. Eva era muy estricta con la rutina de su hijo.

Por fin se escucharon pasos y la puerta se abrió. Tess miró al pequeño Carmine. Tenía las mejillas sonrojadas y el pelo pegado a un lado de la cabeza.

–¡Tess! ¡Hola! Dios mío, no habíamos quedado, ¿verdad? Se me debe haber olvidado.

Tess oía las palabras que decía su amiga, pero toda su atención se centraba en la personita que Eva tenía entre los brazos. Entonces, Carmine sonrió, levantó los bracitos hacia Tess, lo que hacía siempre que la veía, y se echó a reír.

La culpabilidad se adueñó por completo de ella.

Tess colocó el regalo en la encimera de la cocina como si estuviera sumida en un trance. Mientras tanto, Eva colocaba a Carmine en su columpio y giraba una rueda. Una nana empezó a sonar.

–¡Míralo! –exclamó Eva mientras el niño reía agitando los brazos y las piernas–. Completamente despierto después de una siesta de veinte minutos.

–He venido a dejarte esto, pero tengo que marcharme –dijo Tess mientras trataba de encontrar una excusa. Los ojos se le llenaron de lágrimas.

–Tess, ¿qué es lo que te ocurre? –le preguntó Eva muy preocupada.

Tess se sentó en uno de los taburetes de la cocina. Sintió una necesidad desesperada por sentirse reconfortada.

–Estoy embarazada –susurró con voz temblorosa.

Eva se sentó a su lado y le agarró las manos.

–Te daría la enhorabuena, pero no parece que estés muy contenta. ¿Cuándo ocurrió?

–Hace seis semanas exactamente. La noche en la que Dan me dejó.

–Entiendo. Supongo que no es el mejor momento. ¿Le has dicho ya a Dan lo del bebé?

–No es de Dan.

–Ah –dijo Eva.

–La tarde en la que él me dejó, Julie tenía gripe y me pidió que la ayudara con un evento que había estado organizando para Galloway. Era una oportunidad genial para conseguir contactos nuevos, por lo que no me negué. Yo estaba muy estresada y seguía aún en estado de shock por lo de Dan. Me invitaron a la fiesta que se celebró después del evento y un tipo se fijó en mí. Y yo también me fijé en él. Era muy guapo y muy sexy –añadió cerrando los ojos–. Estaba tan atraído por mí que yo me sentí halagada como una tonta –prosiguió. Cuando abrió los ojos vio que Eva la estaba mirando con incredulidad–. Después de estar ligando dos horas, tocándonos y excitándonos el uno al otro... Bueno, se podría decir que estallamos como fuegos artificiales... dentro de un cuarto de servicio.

–Entiendo.

–Él utilizó un preservativo, pero fue todo tan alocado, tan apasionado y tan precipitado que... bueno, debió fallar. No me ha venido el periodo y esta mañana me hice tres pruebas de embarazo. Todas dieron positivo.

–Bien –murmuró Eva–. Pero ¿cómo puedes estar absolutamente segura de que no es de Dan? Tu anticonceptivo podría haber fallado con él.

–Es bastante improbable, dado que la última vez que hicimos el amor fue hace tres meses.

–No me sorprende –replicó Eva.

–¿Cómo dices? –preguntó Tess, completamente atónita por el comentario de su amiga. Creía que a Eva siempre le había caído bien Dan.

–Bueno, Dan y tú generabais tanta pasión como un trapo mojado.

–¿Tan evidente resultaba?

–¿Qué demonios viste en ese hombre? Aburría a Nick como una ostra.

–Yo creía que estábamos hechos el uno para el otro…

–Puede, pero no en una faceta en concreto.

–En realidad, en ninguna –afirmó Tess, avergonzada de sí misma. ¿Cómo se podía haber pasado un año saliendo con un hombre que no significaba nada para ella?

–Bueno, ya basta de hablar de Dan –dijo Eva–. Háblame del de los fuegos artificiales. ¿Quién es?

–De fuegos artificiales nada. Es un completo desastre. Se llama Nate Graystone, y yo, como una idiota, fui a verle a primera hora de esta mañana después de hacerme las pruebas de embarazo porque pensaba que el siguiente paso lógico era…

Se detuvo porque sintió náuseas. Por fin, se admitió a sí misma que se estaba mintiendo. No había ido a ver a Graystone para decirle lo del bebé porque le pareciera que él tenía que saberlo.

Al ver el resultado de las pruebas, no había pensado con lógica. Se había sentido presa de un estado de shock. Había tenido tanto miedo que, en realidad, en lo único en lo que había podido pensar era en pasarle a él el muerto y hacer que aquel embarazo fuera tanto problema suyo como de él.

Eva volvió a agarrarle las manos.

–Basta ya. Estás volviendo a encerrarte en ti misma. ¿Y qué te dijo ese tal Nate Graystone cuando le dijiste lo del bebé?

–Bueno, no se puede decir que tuviera mucho éxito –contestó Tess tratando de que pareciera que no le daba importancia alguna–. Primero trató de volver a ligar conmigo y luego me dijo que el be... que no era suyo.

Si por lo menos se hubiera podido enfadar con él en vez de sentirse simplemente aterrorizada... Al darse cuenta de lo patética que había sido, dejó fluir las lágrimas que tanto tiempo llevaba conteniendo.

–Ay, Tess –susurró Eva abrazándola–. No llores. No es tan malo...

–¿Y cómo podía ser peor? –sollozó Tess con la voz entrecortada–. Me dejó el hombre más aburrido del universo. Me he quedado embarazada de un tío que no me conoce y que cree que estoy mintiendo. No tengo un trabajo estable ni un seguro médico decente. Acabo de mudarme a un piso que cuesta tres mil doscientos dólares al mes... Todo eso significa que debería abortar, pero solo pensarlo me hace sentir... que he fallado. Que soy una estúpida y una egoísta.

Por fin se echó a llorar. La calidez de los brazos de Eva tan solo hizo que se sintiera peor. No se merecía la compasión de Eva ni la de nadie.

–Calla...

Cuando por fin pudo empezar a tranquilizarse, Eva se recostó contra el asiento. Al ver que su amiga también tenía los ojos llenos de lágrimas, Tess estuvo a punto de volverse a echar a llorar, pero se negó a ceder ante la autocompasión.

–Lo primero que tienes que hacer es preguntarte seriamente si de verdad quieres abortar.

–Creo que no –respondió Tess. Se puso a llorar otra vez–. He estado esforzándome mucho en pensar que no es un bebé. Todavía no. Sin embargo, en cuanto lo supe, me sentí... diferente. Vinculada a él. Pero no estoy segura de tener muchas opciones.

Eva miró a su hijo, que se mecía felizmente en el columpio. Luego, volvió a mirar a Tess. Tenía una plácida sonrisa en el rostro.

–Si quieres tener ese bebé, deberías tenerlo. Todo lo demás es logística.

Tess miró a su amiga y sintió que el corazón se le hacía pedazos.

–No puedo...

–Claro que puedes, Tess. El pánico te hace hablar así. Tienes que pararte a pensar. Vas a tener que cambiar tu vida, pero estamos hablando de cosas concretas. Tienes siete meses para reorganizar tu vida antes de que llegue. Además, no te olvides que eres un genio en la organización de eventos.

–Eso es cierto…

–No tienes que tomar la decisión inmediatamente, pero es una opción. Y deberías considerarla.

Tess respiró profundamente y se colocó la mano en el vientre. El sentimiento de conexión que había experimentado aquella mañana volvió a surgir con toda su fuerza.

–Sí que quiero tenerlo. Pero no es solo lo que hemos hablado, sino el cambio del estilo de vida que tendré que hacer. ¿Cómo sé que se me dará bien ser madre?

Eva suspiró

–No se sabe. Nadie lo sabe hasta que ya han nacido –dijo con una sonrisa–. Es excitante y aterrador, agotador y difícil, pero eso precisamente es lo que lo convierte en la mayor aventura de la vida.

–Pero a ti se te da tan bien… mira a Carmine. Para ti todo es natural. No estoy segura de que a mí me ocurra lo mismo.

Su madre había muerto hacía mucho tiempo, por lo que apenas podía recordarla, y su padre no había sabido llenar ese vacío.

–Te lo agradezco mucho, Tess, pero no te puedes imaginar cuántos errores hemos cometido Nick y yo con Carmine. Por suerte para nosotros, él parece perdonarnos inmediatamente nuestras faltas. Lo único que se le puede prometer a un niño es que se le querrá con todo el corazón y que se hará todo lo que se pueda. El resto vendrá poco a poco. Tú no eres ninguna estúpida y nosotros te ayudaremos. Tienes amigos. además, siempre existe la posibilidad de que el padre quiera ayudar cuando se haya hecho a la idea de…

–No lo hará –le interrumpió Tess. Ciertamente, ella no iba a volver a verlo.

Fueran cuales fueran las ilusiones que se había hecho sobre Graystone y sobre el hecho de que él compartiera parte de las responsabilidades, estas se habían hecho pedazos aquella mañana. El hombre que había bajo aquella fachada tan sexy y carismática parecía ser tan frío y lleno de prejuicios como su propio padre. No necesitaba otro hombre así en su vida.

Si iba a tener aquel bebé, lo tendría sola.

–Está bien, dejemos a un lado la cuestión del padre –dijo Eva–. Lo importante es que hagas lo que creas que es correcto porque, si no, lo lamentarás el resto de tu vida.

Una solitaria lágrima comenzó a caerle por la mejilla. Volvió a colocarse la mano en el vientre. Echó la cabeza hacia atrás y contempló el techo recién pintado. Se dio cuenta de que aquel vientre tan liso no tardaría en ser historia. No le molestó aquel pensamiento. Los ojos volvieron a llenársele de lágrimas mientras la excitación le aceleraba los latidos del corazón.

–Voy a ser mamá –susurró.

Eva le agarró la mano a Tess y se echó a reír.

–Bienvenida a la mayor aventura de tu vida.

Capítulo Dos

–Zane, gracias por venir.

Nate se levantó y apretó la mano de su mejor amigo.

–¿Qué tal has venido?

–Muy bien –respondió Zane Montoya, con su característica sonrisa.

Inmediatamente, Nate se vio transportado a la infancia, cuando esa sonrisa solo podía significar una cosa.

–Saqué el 67 en la 101. Toma las curvas maravillosamente –añadió Zane mientras se sentaba a la mesa que ocupaba Nate y estiraba las largas piernas.

Nate le indicó a la camarera que les llevara dos cervezas mexicanas y se sentó junto a su amigo. Había escogido una mesa apartada porque quería intimidad para la conversación que iban a mantener. Por suerte, Murphy's, el pequeño bar que había a una manzana de su despacho, le ofrecía eso y más.

–¿El 67?

–Es mi última adquisición –replicó Zane–. Un Mustang de 1967 de capota abatible, motor Cobra Jet V8, caja de cambios renovada y neumáticos blancos.

–Vaya... –dijo Nate dando un largo silbido–. ¿Y dónde lo compraste?

–A una anciana de Pasadena. Conducía una verdadera joya. Necesitaba mucho trabajo después de pasarse cuarenta años cubriéndose de polvo en su garaje.

Nate dudaba que eso le hubiera importado a Zane, dado que los coches y los motores eran su pasión, además de perseguir a las mujeres.

La camarera llegó y colocó las cervezas encima de la mesa.

–Bueno, ¿qué es lo que te pasa? –le preguntó Zane.

Nate se aclaró la garganta.

–¿Te acuerdas de esa chica con la que estuve hace más o menos un mes?

–¿La británica? ¿La que te tiraste en el cuarto de la limpieza? –preguntó Zane con una carcajada.

–Sí, esa.

No sabía cómo se le había ocurrido mencionárselo a Zane. Su amigo no dejaría de recordárselo nunca.

–Vino a verme la semana pasada. Me dijo que está embarazada.

Zane levantó las cejas y dejó de sonreír.

–Menuda complicación.

–No es mío –afirmó Nate.

¿Por qué no podía dejar de pensar en aquella mirada de angustia? ¿Por qué no había argumentado ella al respecto? ¿Por qué ni siquiera había tratado de convencerlo? Había algo que no encajaba.

–¿Estás seguro de ello?

–Utilicé preservativo.

–Los preservativos fallan a veces. Si una mujer con la que yo me hubiera acostado se quedara embarazada, yo querría estar completamente seguro de que no es mío.

–Ahí es donde entras tú –replicó Nate–. Quiero que uno de tus chicos lo compruebe. Que descubra si de verdad está embarazada y si yo soy el padre o no. Pagaré lo que me corresponda.

–No.

–¿Qué? ¿Por qué no? –gruñó Nate.

Zane era el dueño de la agencia de detectives privados más prestigiosa de la Costa Oeste. Montoya Investigations tenía una reputación merecida. Se la consideraba eficaz, con clase, discreta y concienzuda. Graystone Enterprises le había ayudado a fundarla hacía cuatro años, justo después de que Zane dejara el departamento de policía de Los Ángeles.

–Montoya no acepta esa clase de trabajos. Investigar a tu novia es un poco frío, ¿no te parece?

–No es mi novia. No se trata de lavar los trapos sucios, sino de saber si Tess Tremaine me está diciendo la verdad o no.

–Maldita sea, Nate. Si quieres saber la verdad, lo que tienes que hacer es salir de tu torre de marfil e ir a hablar con ella, como cualquier tío.

Nate se estremeció. Aquella acusación le escoció.

–No soy mi padre –replicó mencionando al hombre que los dos despreciaban.

El rostro de Zane se endureció. Sus ojos azules relucieron de enemistad.

–¿No? –le preguntó. Entonces, se metió la mano en el bolsillo trasero de los pantalones, se sacó la cartera y extrajo de ella un billete de diez dólares.

Nate se retorció las manos bajo la mesa.

–¿Qué te hace pensar que ella me diría la verdad? –le preguntó.

Aún estaba decidido a poner a Zane de su lado. Tess Tremaine ejercía en él un efecto imprevisible que no estaba seguro de poder controlar. Ella ya lo había demostrado en dos ocasiones. Hasta que estuviera seguro de poder controlarlo, no quería acercarse a ella.

–Mira, tío –le dijo Zane mientras se ponía de pie–, no todas las mujeres son como Marlena.

Nate se tensó.

Zane se metió las manos en los bolsillos.

–Ni tú eres tu padre. Si lo fueras, me importarías un comino. Sin embargo, esa es precisamente la razón por la que tienes que ocuparte tú de limpiar tu propia mierda. No necesitas un investigador privado. Ve a hablar con ella. Es así de sencillo. Si sigues sin aclararte cuando hayas hablado con ella, realizaré algunas llamadas. Sin embargo, tendrás que realizar una prueba de ADN para saber con seguridad si eres el padre. Soy detective, no médico. También podrías encontrar otro cuarto de la limpieza, meterte allí con ella y sacarle la verdad seduciéndola.

–Eres un genio –musitó Nate, enojado por el deseo que sentía al pensar en Tess–. Eso ha sido precisamente lo que me ha metido en este lío, ¿te acuerdas?

–Sí, claro –comentó Zane antes de darle un último trago a su cerveza–. Buena suerte, compañero. Y no se te ocurra volverte a acercar siquiera a los cuartos de limpieza.

Nate miró su *smartphone* para comprobar que la dirección que Zane le había enviado era la correcta. Estaba sentado en su todoterreno, que había aparcado en una tranquila calle arbolada en Parnassus. Entonces, miró el dúplex que tenía frente a él.

Contempló la fachada de color amarillo pálido del edificio, las filas de timbres que había junto a la puerta y las persianas que cubrían las ventanas.

Aquello era una locura. ¿Cómo podía haber engendrado un hijo con una mujer dentro de cuyo apartamento no había estado nunca?

«Pues porque sí has entrado dentro de ella, idiota».

Se rebulló en el asiento, desconcertado por el calor que acompañó aquel pensamiento. La posibilidad de que ella le hubiera estado diciendo la verdad era muy escasa, pero existía.

Ella no se había puesto en contacto con él desde aquel breve encuentro en su despacho, lo que más o menos confirmaba sus sospechas. Había ido a pedirle dinero y, cuando se dio cuenta de que él no se dejaba intimidar, decidió no seguir intentándolo.

Sin embargo, la imagen de su rostro, el sufrimiento de sus ojos...

Se incorporó al ver una mujer joven y esbelta

que dobló la esquina corriendo al tiempo que saludaba a alguien que había en el interior de un café. Iba vestida con unos pantalones de deporte muy anchos, lo que permitía que se le viera la piel entre la cinturilla y la camiseta. Se movía con una gracia innata. Subió los escalones que llevaban al portal sin parar y entonces consultó el podómetro que llevaba en la muñeca. Tenía el cabello rubio recogido con una coleta y una cinta morada en la frente. La sombra de un árbol le ocultaba el rostro, pero Nate no tenía duda alguna de que se trataba de ella.

Tess se puso a realizar una serie de estiramientos, que le hicieron recordar a Nate la fuerza de aquellos muslos cuando le rodearon la cintura. Cuando terminó, se dispuso a marcar un código en la puerta, que abrió con un golpe seco. Ese golpe le recordó el sonido que había hecho su espalda al golpear la pared del cuarto de la limpieza.

Se obligó a regresar a la realidad. Sacó las llaves del contacto, salió del coche y cruzó la calle corriendo.

–Tess, espera –gritó.

Ella se dio la vuelta justo a tiempo de ver cómo Nate subía los escalones de dos en dos.

El brillo del sudor que le brillaba en el escote, justo encima de la camiseta, le atrajo la mirada a Nate y le despertó de nuevo los recuerdos.

–¿Qué es lo que quieres? –preguntó ella.

Nate le miró el rostro y tuvo la incómoda sensación de que, incluso sin maquillaje y despeinada, era una de las mujeres más hermosas que había visto en toda su vida. Tenía unos pómulos afilados hasta lo imposible, unos hermosos ojos verdes y unos labios que merecía la pena besar y que se veían acentuados por el suave rubor producido por el ejercicio que le teñía las mejillas.

–Quiero hablar contigo –consiguió decir por fin.

Aquellos ojos verdes parecían desprender fuego líquido con la mirada.

–Bueno, pues yo no quiero hablar contigo –replicó ella mientras se colocaba la mano en una cadera.

Aquel gesto hizo que sus pechos se irguieran un poco más contra el delgado algodón de la camiseta. Nate sintió que los ojos estaban a punto de salírsele de las órbitas.

–Ahora, vete.

Aquellas palabras sorprendieron a Nate. Tess casi había atravesado la puerta cuando él consiguió reaccionar. Metió la mano entre la puerta y el marco justo a tiempo.

Ella aplicó el hombro contra la puerta, por lo que él empujó con fuerza. Tess era alta, pero seguramente no pesaba más de sesenta y cinco kilos. Nate esperó pacientemente, sujetando la puerta.

–O hablamos aquí y dejamos que todo el vecindario se entere o lo hacemos en tu apartamento y conseguimos que siga siendo algo privado –le espetó mientras le miraba fijamente al rostro–. Tú eliges.

–¡Por el amor de Dios! –musitó ella instantes antes de apartarse de la puerta–. Está bien. Entra –le dijo mientras comenzaba a subir por las escaleras–. Ya me has estropeado la mañana.

Nate la siguió escaleras arriba. Muy juiciosamente, mantuvo la mirada apartada de ella cuando Tess tiró de una fina cadena de oro que llevaba puesta y sacó una llave. Ella abrió la puerta y entró, dejando que Nate la cerrara. Mientras admiraba el hermoso apartamento, llegó a la conclusión de que la actitud de Tess había cambiado desde la última vez que se vieron. Afortunadamente, la hostilidad le resultaba más fácil de manejar que la falsa fragilidad.

En ese momento, se dio cuenta de que, aparte de un montón de cajas apiladas, no había ni un solo mueble en el salón. Oyó el sonido del agua corriente y vio que ella salía de la pequeña cocina americana, que también estaba completamente vacía a excepción de una caja sobre la encimera.

Tess dio un gran trago de agua y se levantó la camiseta para secarse el rostro. Nate ignoró el deseo que se apoderó de él al ver brevemente el sujetador deportivo de color blanco.

Un punto para él. No había ninguna señal visible de que estuviera embarazada. Su vientre era tan liso como lo recordaba. Además, ¿qué clase de mujer salía a correr estando embarazada?

–¿De qué tenemos que hablar? –le preguntó ella mientras volvía a dejar la camiseta en su lugar–. Creo que la última vez que nos vimos nos dijimos todo lo que nos teníamos que decir.

–¿Dónde están los muebles? –replicó él tratando de encauzar la conversación.

–Acabo de mudarme, aunque eso no es asunto tuyo. Por cierto, ¿cómo has conseguido mi dirección?

Tess se irguió y volvió a colocarse una mano en la cadera. Aquella postura volvió a producirle a Nate las mismas sensaciones de antes.

–Déjate de hostilidades –replicó él perdiendo los buenos modales–. Si no querías tener nada que ver conmigo, no deberías haberte puesto en contacto la semana pasada.

–Eso fue entonces y esto es ahora. Ya no quiero tener nada que ver contigo –afirmó ella.

–Pues mala suerte –repuso él–, porque yo sí quiero hablar contigo.

–¿De verdad? –preguntó ella colocándose un dedo en los labios–. Me pregunto por qué. ¿Acaso has venido para acusarme otra vez de mentir?

–Yo jamás te acusé de nada –afirmó él.

–Genial, bueno, me alegro de que hayamos establecido eso. Ahora te puedes marchar –dijo ella antes de volver a la cocina.

Tess oyó que él entraba en la cocina tras ella. Al darse la vuelta, se sintió algo desconcertada al ver que Nate estaba muy cerca de ella. Dejó el vaso en la encimera. El reducido espacio del que disponía le recordaba demasiado a los estrechos confines del cuarto de servicios.

–Si insistes en quedarte, ¿por qué no me dices qué es lo que has venido a decirme? –preguntó ella, enojada y molesta–. Así podremos seguir adelante con nuestras vidas y no tendremos que volver a vernos.

Eso era precisamente lo que ella deseaba. Fervientemente.

–Si estuvieras embarazada de mi hijo, de lo que quiero hablar sería más que evidente.

Mientras hablaba, le recorrió el cuerpo con la mirada.

–En ese caso, si estás tan convencido de que no estoy embarazada de tu hijo –le espetó cruzándose de brazos–, ¿qué es exactamente lo que estás haciendo aquí?

Antes de que ella pudiera reaccionar, vio cómo el deseo le dilataba las pupilas a Nate. La agarró por la nuca y la pegó contra su cuerpo. Tenía los labios a pocos milímetros de los de ella. Los pechos de Tess ansiaban sus caricias. Se arqueó hacia él instintivamente, apretando los labios contra la sólida pared del torso de él.

–Ya sabes lo que estoy haciendo aquí –gruñó él con desesperación–. No puedo dejar de pensar en ti.

Los dedos de Tess se hundieron en los mechones del cabello de Nate y comenzaron a masajearle suavemente la cabeza mientras él le devoraba la boca. Ella introdujo la lengua en los cálidos recovecos de la de él, devolviéndole el beso con una necesidad instintiva de saborear, de poseer, de torturarle igual que él la estaba torturando a ella.

Nate apartó la boca. Tenía la respiración acelerada. Rápidamente, empezó a levantarle a Tess la camiseta y se la sacó por la cabeza. Luego, le colocó las manos y le apretó los pecho, levantándoselos. Tess lanzó un grito de placer.

–¿Cómo es posible que siga deseándote tanto?

Nate le desabrochó el sujetador y comenzó a acariciarle los delicados senos. Entonces la boca, cálida y húmeda, se cerró sobre uno de los pezones. Chupó con fuerza y luego pasó al otro pezón, tirando de él suavemente. Tenía tanta sensibilidad en ellos que la necesidad no tardó en explotar con fuerza dentro de ella.

Tess contuvo el aliento, sollozando de placer mientras él seguía atormentándolos, primero a uno y luego a otro. El deseo fue ganando terreno. Ella gritó de placer. La tensión no tardó en alcanzar el límite de una forma repentina y extremadamente intensa.

–¿Te acabas de correr?

Tess tan solo pudo asentir levemente. Estaba tan atónita como él por la rapidez y la intensidad del orgasmo.

Nate levantó las cejas y lanzó una maldición. Entonces, agarró a Tess por las caderas y la colocó con facilidad en la encimera. Ella se aferró a él, sin resistirse, saciada a pesar de la presión que le ardía como un infierno entre las piernas. Le bajó los pantalones, entonces, le desgarró las braguitas de seda morada. Ella escuchó en trance el sonido de la ropa que se quitaba apresuradamente, un envoltorio que se desgarraba y los jadeos de la respiración de ambos.

De repente, estaba preparado, firme y enorme, colocando la erección para penetrarla.

Se detuvo en seco. La miró a los ojos con la respiración acelerada.

–Quiero estar dentro de ti…

Ella vio cómo Nate apretaba la mandíbula, rígida por el esfuerzo de la contención. Entonces, comprendió que él le estaba pidiendo permiso antes de entrar en ella. Le rodeó el cuello con los brazos y la cintura con las piernas para apretar su ardiente feminidad contra la brutal presión. Entonces, dejó que el instinto se hiciera cargo sin importarle en modo alguno las consecuencias.

–No pares –le exigió.

Nate lanzó un gruñido, le agarró el trasero y se hundió en ella por completo con una gloriosa embestida. Se retiró brevemente para luego volver a empujar con más fuerza y más rapidez, llenándola por completo. Le hincaba los dedos en el trasero, sujetándola para poder poseerla totalmente. Los movimientos no eran delicados ni controlados, sino básicos y elementales, igual que lo habían sido la primera vez. Le colocó las caderas de manera que la pelvis le acariciara el clítoris con cada embestida. El placer fue apoderándose de Tess, poseyéndola, obligándola a subir para alcanzar la cima del placer una vez más.

Gimió de placer con aquel potente clímax y se dejó llevar cuando el primitivo grito de gozo de Nate indicó que él lo había conseguido también.

«Por favor, que haya sido un sueño erótico…». Tess apretó los ojos con fuerza mientras avanzaba por el pasillo de su apartamento secándose el cabello.

–He preparado café. Solo he podido encontrar el descafeinado.

Al escuchar la voz que provenía de la pequeña cocina, dejó caer la toalla al suelo. Los músculos de la espalda se le tensaron al ver a Nate apoyado contra la encimera con una taza de café.

Fabuloso…

No era ningún sueño, sino una pesadilla. Había hecho el amor de verdad con Nate Graystone como si fuera una gata en celo hacía veinte minutos.

–Yo solo tomo descafeinado –respondió sin mirarle a los ojos.

–Espero que te guste solo, porque tampoco he podido encontrar la leche –dijo él mientras le entregaba una taza.

–Sí, está bien.

Se inclinó sobre la encimera para tomar la taza que él le ofrecía. No se atrevía a entrar en la cocina. Era mejor no volver a acercarse a él. Nate Graystone le producía un extraño fenómeno en su autocontrol que parecía verse acrecentado por el embarazo. ¿Cómo si no podría haber permitido que aquello volviera a ocurrir?

–Me voy a mudar estar tarde, por eso no tengo nada en el frigorífico –explicó mientras se retiraba al salón.

Él la siguió.

–Escucha, Tess. A pesar de lo que pueda parecer, no he venido aquí para…

Al escuchar que dudaba, Tess se dio la vuelta y vio que él se había sonrojado. Ver que Nate estaba tan confuso como ella por su alocado comportamiento provocó que se esfumara parte de la tensión que sentía entre los omóplatos.

–Para tener sexo conmigo en la encimera de la cocina…

Nate pareció sorprendido por un instante y luego se echó a reír.

–Es un modo de expresarlo.

Se tomó el café observándola atentamente por el borde de la taza como si estuviera tratando de comprender cómo se sentía ella.

–Parece que, en lo que se refiere a ti y a los espacios cerrados, tengo serios problemas de autocontrol.

A pesar de lo mal que se sentía, Tess sonrió.

–Lo mismo digo.

–¿No estás enfadada? –le preguntó él. Parecía muy sorprendido.

–¿Y por qué iba a estarlo? Me preguntaste y recuerdo claramente que te di permiso gustosamente.

Nate se echó a reír.

–Aunque creo que la próxima vez que le pidas permiso a una mujer –añadió ella juguetonamente–, no esperes al momento de la penetración para hacerlo.

–Entendido.

–Y lo de desgarrar las braguitas tampoco está bien. Da la casualidad de que esas eran de seda auténtica.

–¿Te he desgarrado las braguitas?

–Sí, y tengo los trozos para demostrarlo. Por cierto, ya me debes dos pares.

Una sonrisa suavizó los rasgos de Nate y le recordó a Tess el donjuán peligroso y osado que la había seducido tan fácilmente casi dos meses antes.

–No te preocupes. Te compraré otras.

Entonces, extendió la mano y le tocó la mejilla.

Tess apartó bruscamente el rostro para evitar la caricia, preocupada por la extraña sensación que había experimentado en el corazón.

–Nada de caricias, Nate. Con dos veces ya es suficiente, ¿no te parece?

La sonrisa se le heló en los labios a Nate, pero ella se negó a lamentarlo. Lo que había ocurrido entre ellos solo iba a complicar aún más una situación ya insostenible. Ella ya se había comprometido con su bebé.

Había ido al tocólogo de Eva hacía cuatro días. Se había comprado un montón de libros sobre el embarazo y el parto y había llamado a Eva todos los días para hablar de los cambios que estaba experimentado su cuerpo o de las náuseas. Había ido a la farmacia para comprarse todas las vitaminas indicadas para el embarazo. Incluso se había preocupado de organizar algunas entrevistas y de preparar un informe con sus eventos más recientes para dejar impresionado a cualquiera.

Tras reordenar su vida y prepararse mejor para el futuro, le parecía que había tomado la decisión adecuada. Aquella vida era para ella y su bebé. No iba a cometer el error de tratar de añadir a Nate

Graystone en aquella ecuación tan solo porque él tuviera una mera relación biológica.

Evidentemente, haber pasado un año de relación con un hombre que tenía el deseo sexual de un perezoso le había hecho ser más receptiva con un hombre que tenía la libido de un tigre. Sin embargo, no pensaba dejarse vencer por las hormonas, ni por él.

Se cruzó de brazos y decidió que tenía que sobreponerse a lo que aquel hombre le provocaba. Y pronto. Flirtear con él no era el mejor modo de conseguirlo.

–Entonces, ¿para qué has venido exactamente? –le preguntó al ver que él guardaba silencio.

–He venido para descubrir si de verdad estás embarazada y si el niño es mío.

Una vez más, demasiados si. En aquella ocasión, decidió controlarse por si decía algo de lo que seguramente terminaría lamentándose.

–¿Y por qué has cambiado de opinión? La última vez que nos vimos parecías estar totalmente convencido de que yo era una mentirosa.

–Yo nunca dije eso... –replicó él con cinismo.

Tess dejó la taza.

–Te dije que estaba embarazada. Me dijiste que no era tuyo. ¿Qué parte no comprendí?

–Mi reacción fue exagerada –dijo él.

–Eso es quedarse corto, pero sigues sin responder a mi pregunta. ¿Qué te ha hecho cambiar de opinión y decidir que, después de todo, podría no estar mintiendo?

–Yo jamás dije que estuvieras mintiendo. ¿Estás embarazada o no? Si lo estás, ¿cuánta seguridad tienes de que el niño pueda ser mío?

Tess se metió las manos en los bolsillos traseros de los vaqueros.

–¿Y cómo reaccionarías si te dijera que estoy embarazada y que el niño es tuyo sin duda alguna?

–No lo sé. ¿Es eso lo que me estás diciendo?

–¿Qué quieres decir con eso de que no lo sabes? –repuso ella frunciendo el ceño.

–Pues que no lo sé. No he pensado en esa posibilidad. Ahora, ¿me podrías responder de una vez, maldita sea?

Tess sintió que el alma se le caía a los pies al escuchar el tono seco y frustrado de la voz de Nate y lo que eso significaba. No sentía nada por aquel niño. Simplemente estaba allí por un equivocado sentido del deber. Ella le había respondido ya hacía diez días y él no había querido escucharla. Dudaba que quisiera escuchar lo mismo en aquellos momentos.

Si su hijo le preguntaba algún día quién era su padre biológico, volvería a ponerse en contacto con Nate. Sin embargo, en aquel momento, frente a él, notaba sin duda alguna que él no quería implicarse. Y ella no quería que él estuviera en su vida si él no deseaba estarlo. Tan sencillo como eso. Un niño siempre sabía si su padre no lo quería. De eso no le quedaba a ella ninguna duda.

–El bebé ya no existe. ¿Te sirve con eso?

Nate se quedó atónito.

–¿Es que has abortado?

–No –replicó ella–. No… yo… La prueba estaba defectuosa.

–Pero si te hiciste tres. ¿Todas estaban defectuosas?

Tess tragó saliva y trató de mantenerse tan serena como pudo. Mentir jamás había sido uno de sus puntos fuertes.

–Bueno, no es que estuvieran defectuosos exactamente. Se llama falso positivo.

–Entiendo –dijo él con escepticismo–. Entonces, ¿de verdad que no estás embarazada? ¿Nunca lo estuviste?

–No, yo… No estoy embarazada –mintió–. Por lo tanto, te puedes marchar y olvidarte de mí.

Nate la miró fijamente, estudiándola con una intensidad que la turbó profundamente. Entonces, centró la mirada en el pecho, que se apretaba contra la camiseta. Tess se sacó las manos de los bolsillos y se cruzó de brazos. Deseó haberse puesto algo más suelto.

Nate tenía razón en que en aquellos momentos ella estaba mintiendo, pero solo lo hacía por el bien de su bebé. Además, le estaba haciendo a Nate un favor dándole la libertad cuando él había dejado más que claro que no le gustaba estar atrapado.

Por fin, él tomó la palabra.

–Sea como sea, no voy a olvidarte, Tess. Eres inolvidable…

Ella trató de ignorar el modo en el que se le había acelerado el corazón, pero cuando él le colocó la mano en la mejilla y comenzó a acariciarle el labio inferior con el pulgar, le costó mucho apartarse.

Nate por fin se dirigió hacia la puerta. Antes de salir, la miró fijamente por encima del hombro. Cuando cerró la puerta, ella se cubrió el vientre con las manos, sorprendida de ver lo mucho que le temblaban las rodillas.

Tenía muchas cosas de las que preocuparse en los meses venideros: tratar de tener un embarazo saludable, encontrar un empleo más seguro con un mejor seguro médico y localizar un apartamento antes de que Nick y Eva se arrepintieran de haberla acogido en su casa.

Un hombre que la convertía en una máquina sexual insaciable cada vez que se acercaba a ella no la beneficiaría en absoluto.

Nate se sentó tras el volante del todoterreno, se sacó el *smartphone* del bolsillo y marcó las palabras: «Prueba de embarazo con falso positivo» en el buscador de Internet. Después escribió: «Primeros síntomas de embarazo». Cinco minutos después, cerró la aplicación y recostó la cabeza en el asiento.

¿Cómo diablos se le había ocurrido volver a tener relaciones sexuales con ella?

Había sabido que era un error en el instante en el que le tocó la suave piel de la nuca y la besó. Tess Tremaine ejercía un extraño efecto sobre él, algo que le alteraba completamente el autocontrol. Se frotó el rostro con las manos. La frustración rivalizaba con la vergüenza y la incredulidad.

Levantó la cabeza del asiento y observó la calle. Recriminarse lo estúpido que había sido no le llevaría a ninguna parte.

Le había mentido sobre el hecho de no estar embarazada. De eso estaba seguro. Al contrario que Marlena, no sabía mentir. Lo peor de todo era que le daba la sensación de que ya sabía la razón por la que ella había mentido.

Miró hacia el apartamento. Acababa de sentir una curiosidad repentina por el apartamento medio vacío y las cajas de embalar. ¿Adónde se iba a mudar exactamente? ¿Tenía él el derecho a saberlo? Si era el padre de su hijo...

De repente, se imaginó a un niño, su hijo. Se colocó la mano en el pecho y trató de tragar para aliviar el nudo que se le había formado en la garganta. ¿Y si estaba pensando regresar a Gran Bretaña?

Tomó el teléfono de nuevo y marcó el número del despacho de Walter Jensen.

No quería pensar en el bebé y no iba a hacerlo. Estaba harto de jugar limpio con Tess Tremaine. Ella iba a decirle la verdad, aunque eso significara implicar al abogado de Nate... y mantenerse alejado de los espacios reducidos.

Capítulo Tres

–Nathaniel, ¿tienes idea de lo complejas que son las leyes que rigen el derecho de familia?

Walter Jensen apoyó los brazos en el escritorio y miró a Nate de un modo que él había odiado desde que tenía doce años, cuando, como abogado de la familia, le explicó con un tono pausado que tomar el coche de su padre para darse una vuelta y verse detenido por la policía no había sido lo más inteligente que había hecho en su vida.

–Cualquier proceso judicial podría llevar años –añadió Walter–. Ni siquiera sabes con seguridad si el niño es tuyo o si existe el bebé de verdad.

Nate se puso de pie.

–Me mintió en lo del embarazo. No sé dónde vive ahora. No me importa qué derechos pueda tener yo, pero quiero la verdad. No puedo dejarlo pasar. Sabes que no puedo.

Walter lo sabía muy bien, algo que siempre había permanecido tácito entre ambos. A pesar de que era un abogado brillante y un buen hombre, Nate jamás había podido confiar completamente en él porque, como la mayoría de los adultos que había conocido en su infancia, Walter se había ganado la vida tapando los secretos de su padre.

–Está bien, tranquilízate.

Nate volvió a tomar asiento.

–Lo que te sugiero es lo siguiente –prosiguió Walter con un tono frío y distante–: le pediremos a la señorita Tremaine que venga aquí y negociaremos. Si estás dispuesto a ofrecerle una pensión generosa para que cubra sus gastos hasta que nazca el bebé…

–Sí.

–En ese caso, estoy seguro de que se atendrá a razones.

Nate no estaba tan seguro, pero asintió de todos modos.

–Genial, ¿cuándo podemos hacerlo? No quiero que esto me impida concentrarme en otras cosas.

Aún no se había parado a pensar qué era lo que iba a hacer cuando supiera por fin la verdad, pero por supuesto haría lo que tenía que hacer. Si el niño era suyo, se ocuparía de él. Y lo reconocería. Eso no era negociable.

–Haré que mi secretaria se ponga en contacto con ella para ver si podemos organizar algo esta misma semana. Si el niño que espera es tuyo, lo primero que querrás empezar a hacer es establecer un interés demostrable en él como padre biológico. La mayoría de los tribunales suelen determinar que los derechos de un padre están directamente relacionados con lo implicado que este haya estado en el cuidado de su hijo.

Nate asintió. Ese pensamiento lo paralizó un instante.

–Está bien –dijo mientras se levantaba de la butaca y estrechaba la mano del abogado.

Se alegraba de haber establecido por fin algo concreto y definido. Aquello no tenía por qué ser el campo de minas emocional en el que Tess estaba tratando de convertirlo. Podrían negociar sensatamente la situación como adultos civilizados. Dada la mala costumbre que tenían de recurrir al sexo cada vez que estaban juntos, implicar a una tercera parte era lo mejor.

–Gracias, Walter. Te agradezco mucho tus consejos. Comunícale a Jenny cuándo será la reunión y allí estaré.

–¿Estás seguro de que eso es lo recomendable?

–¿Qué quieres decir?

–Tengo que decirte, hijo, que no te había visto tan enfadado por algo desde el episodio de esa tal Ducatti hace diez años. Creo que sería más sencillo y mejor que mi equipo y yo nos ocupáramos de todo a partir de ahora.

Nate se lo pensó y decidió que, efectivamente, sería más fácil y más racional. Sin embargo, no podía olvidarse de Tess. Tal vez era irracional, pero quería ver cómo cambiaba de parecer. Ya no era el estúpido muchacho de veinte años que tan fácilmente había caído presa de las mentiras de Marlena.

Tess lo había estado volviendo loco muy lentamente desde que la vio por primera vez en el bar de la fiesta posterior al evento. A pesar de la química entre ellos, no tenía más poder sobre él que ninguna otra mujer. Cuando ella firmara el contrato y aceptara su dinero, Nate sería capaz de demostrarlo.

–Dejaré que te ocupes de las negociaciones, Walter, pero estaré presente.

Walter asintió brevemente, pero no parecía satisfecho.

–Está bien. Tú pagas mis honorarios. Supongo que la decisión es tuya.

Mientras se marchaba, Nate iba pensando que por supuesto que lo era. Cuando Tess Tremaine lo comprendiera por fin, todo quedaría solucionado tal y como él deseaba.

–¡No me lo puedo creer! –exclamó Tess mientras colgaba con furia el teléfono de la cocina de Eva.

–¿Qué ha pasado? ¿Quién te ha llamado? –le preguntó Eva mientras metía una cucharada de puré en la boca a Carmine.

–Era la asistente personal de Walter Jensen. ¿Te lo puedes creer? Y ese hombre no es otro que el representante legal de Nathaniel Graystone, presidente de Graystone Enterprises.

–¿El de los fuegos artificiales?

–Ya no es eso. Es una pesadilla para mí.

–¿Y qué quería el abogado? –le preguntó Eva mientras le limpiaba a Carmine con el babero.

–Aparentemente, tengo que ir a su bufete para celebrar una reunión mañana, cuando se negociarán los términos de nuestro acuerdo.

–¿Qué acuerdo?

–No tengo ni idea y la encantadora señora Shenberg no ha querido colaborar. Cuando le pedí una explicación, empezó a hablar de su cliente el señor Graystone, de sus derechos y responsabilidades y de otras tonterías que no tenían ningún sentido para mí. ¿Qué derechos y qué responsabilidades? –exclamó Tess, que recorría la cocina de un lugar a otro cada vez más agitada–. No pienso ir. Él no tiene ningún derecho ni ninguna responsabilidad hacia mí. Y eso ya lo he dejado muy claro.

No quería volver a verlo. Le estaba costando mucho olvidarse de él y Nate insistía en aparecer constantemente en su vida.

–En realidad, creo que los tiene –dijo Eva mientras miraba el vientre de su amiga.

–Esto no es su responsabilidad –replicó ella–. Es solo mía. No quiero que se implique.

–¿Por qué no? –protestó Eva–. Es el padre del bebé.

–No, no es... Bueno, al menos en un sentido real. Su implicación ha sido tan solo un accidente de la genética.

Eva lanzó una carcajada de incredulidad y miró a su hijo.

–Me aseguraré de decirle a Nick eso la próxima vez que se levante de la cama a las dos de la mañana para cambiarle el pañal a Carmine.

–No es lo mismo. Nick es un padre fantástico. Se ve lo mucho que adora a su hijo cada vez que lo mira. A Nate Graystone no le interesa ser padre.

–¿Y cómo lo sabes? Tal vez haya dicho algunas estupideces cuando le dijiste lo del bebé, pero puede que estuviera en estado de shock.

–No lo creo.

–Bueno, lo que tú digas, pero ha debido cambiar de opinión. Si no, ¿por qué te iba a ofrecer un acuerdo e iba a implicar a sus abogados?

–Ya te he dicho que no lo sé, en especial porque lo vi hace seis días y le dije que ni siquiera estaba embarazada.

–¿Que le dijiste qué?

–No me mires así. Vino a verme para preguntarme por el bebé, pero yo sabía que solo había ido a verme porque pensaba que tenía que hacerlo. A él no le importa mi bebé –dijo, sin entrar en más detalles del resto de las cosas que habían hecho aquel día.

–¿Y le dijiste que el bebé no existía?

–Me pareció lo más sensato. No quiero que mi bebé tenga un padre que no lo quiere, como me pasó a mí.

–¿Qué te hace pensar que tu padre no te quería?

–Bueno, me echó de la casa cuando yo solo tenía quince años y tuve que irme a vivir con mi tía. Yo diría que eso es una prueba bastante evidente.

–¡Ay, Tess, eso es horrible! No lo sabía. ¿Fue después de que tu madre muriera?

–Sí. Tres años después.

–Es terrible... ¿Cómo pudo hacer eso? Lo siento mucho...

Tess asintió. Una vez más, se sintió culpable por

la sincera reacción de Eva. La verdad era que la reacción de su padre había tenido una causa. Tess había pasado una mala racha después de la muerte de su madre. De hecho, había conseguido que la vida de su padre fuera un infierno, aunque no se podía decir que eso fuera excusa para ignorarla por completo. La verdad era que las únicas ocasiones en las que le prestaba atención habían sido cuando se metía en líos. Por consiguiente, se había metido en muchos líos.

–Gracias, Eva, pero no tienes que sentirlo. Lo superé hace muchos años. Lo importante del asunto que estamos tratando es que Nate Graystone no quería saber nada cuando le dije lo del embarazo la primera vez, y estoy convencida de que eso no ha cambiado.

–Sin embargo, creo que el hecho de que él haya convocado esa reunión ha de ser un paso positivo, una señal de que quiere implicarse. ¿No te parece que merece una segunda oportunidad?

–¡Pero es que yo no quiero que se implique! –exclamó Tess para resultar así más creíble.

¿No era eso por lo que le había mentido hacía seis días? Sin embargo, ¿por qué ya no se sentía tan segura de esa decisión? ¿Por qué no podía olvidarse de la tierna caricia que él le había dado en la mejilla?

–Deberías ir a esa reunión mañana y contarle la verdad del embarazo. Aparte de todo lo que hemos dicho hasta ahora, te vendría bien un poco de ayuda económica.

–Sí, pero... Creo que ya no tengo que decírselo. Creo que ya lo sabe.

–Tess, te has puesto muy pálida. ¿Qué es lo que ocurre?

–Por eso ha implicado a sus abogados. Está pensando en obligarme a abortar.

–Eso es horrible... ni siquiera lo digas.

A pesar de la reacción en contra de Eva, Tess no podía dejar de creer que esa era la razón de la reunión. ¿Qué otra explicación podría haber? Tendría que ser realista para poder sobrevivir.

Del mismo modo que había sobrevivido cuando su padre la obligó a vivir con la hermana de su madre y le dijo que regresara tan solo cuando hubiera aprendido a comportarse. Había llorado y suplicado todo el trayecto, pero él se había negado a cambiar de opinión.

Habían hecho falta meses de lágrimas y rabietas para lograr darle la vuelta a su vida. Se matriculó en un instituto nuevo y volvió a empezar. La pérdida de su madre dejó de ser una herida infectada para terminar convirtiéndose en una cicatriz. Sin embargo, la relación con su padre permaneció tensa y distante el resto de la vida de él. Tess jamás regresó a vivir con él. Jamás pudo perdonarle que la apartara de su lado.

Había pensado que Nate Graystone era tan malo como su padre, pero había terminado por descubrir que era mucho peor. Desgraciadamente, sabía que debía enfrentarse a él al día siguiente, lo que le resultaba muy intimidante.

***

–Como puede ver, la compensación que se le ofrece... –decía un abogado de cierta edad repasando las páginas del grueso documento, cuya copia le habían entregado a Tess al llegar al bufete–, y que está detallada en la página tres del contrato es más que generosa y debería cubrir sus necesidades para el futuro próximo.

Tess agarró con fuerza los papeles mientras Walter Jensen se quitaba las gafas y la miraba fijamente. Ella mantuvo la mirada, pero sin contestar. Jensen levantó las cejas.

–¿Le gustaría que le explicara los detalles de la compensación? –le preguntó el abogado.

–No, gracias. No será necesario.

Tess no tenía absolutamente ninguna intención de aceptar o ni siquiera de negociar el dinero que le ofrecía Nate Graystone. ¿Por qué la compensaba exactamente? ¿Por qué no tenían las agallas suficientes para decir lo que querían sin rodeos?

Lanzó el documento al escritorio.

–No necesito el dinero del señor Graystone. Da la casualidad de que soy perfectamente capaz de cuidar de mis propias necesidades.

Al realizar aquel anuncio sintió que los ojos de todos los presentes la miraban fijamente: el administrativo que había estado tomando notas en el ordenador, un joven abogado y, por supuesto, Nathaniel. Él la había saludado con una breve inclinación de cabeza cuando Tess entró en el bufete. Estaba en un rincón, observándolo todo desde la distancia, como si fuera un tigre esperando a saltar sobre su presa.

–Entiendo –dijo Jensen por fin. Parecía sorprendido, pero enmascaró su reacción rápidamente–. ¿Y si subimos nuestra oferta?

Aquellas palabras acrecentaron aún más la ira de Tess. Ella nunca le había pedido a Nate dinero alguno. Entonces, ¿por qué había dado él por sentado que la podría comprar?

Tess se levantó con el cuerpo atenazado por la tensión.

–Ya le he dicho que no quiero el dinero del señor Graystone. Ni mi bebé ni yo estamos en venta.

Jensen la miró con los ojos entornados.

–Entonces, ¿sigue habiendo un bebé a pesar de lo que usted le dijo a mi cliente hace una semana?

–Bueno, yo...

Tess trató de encontrar algo que decir. Oyó que Graystone golpeaba el suelo con el pie. La tensión era palpable.

–Eso no es asunto suyo –añadió. Entonces, se giró hacia el lugar donde estaba sentado Graystone y se dirigió a él–. Y tampoco del señor Graystone.

Vio que Nate fruncía el ceño y que apretaba los puños. Entonces, se volvió a mirar de nuevo a Jensen. Había mentido por razones evidentes, precisamente porque no había querido verse en aquella situación. No tenía nada de lo que sentirse culpable.

–Si ese bebé es de mi cliente –le dijo el abogado–, en ese caso me temo que es asunto suyo y también mío. Ahora, ¿por qué no se sienta, señorita Tremaine, para que podamos hablar de esto como adultos?

–No hay nada de lo que hablar –replicó ella, con el tono de voz más tranquilo que pudo encontrar–. Ya le he dicho que ni quiero ni necesito el dinero de Graystone y yo...

Se escuchó una maldición proveniente de la parte trasera del despacho que sobresaltó a todos. Entonces, Nate se acercó a ella con el cuerpo rígido de furia.

–Deja de llamarme Graystone. Me llamo Nate –le espetó agarrándola por el brazo y obligándola a levantarse–, como tú bien sabes, porque si no, no me lo habrías estado susurrando al oído cuando te poseí en la encimera de tu cocina hace una semana.

El despacho quedó sumido en un completo silencio.

–Canalla –replicó ella mientras se soltaba.

¿Cómo había podido mencionar algo así delante de la gente? Se frotó el brazo bajo la manga de seda que se había puesto para asistir a la reunión con un aspecto chic y sofisticado. En aquellos momentos, gracias a Nate Graystone, parecía tan solo una fulana barata.

–No creas que... porque... porque me sedujiste... –murmuró ella. Nate lanzó una carcajada–, tienes el derecho de manipularme para conseguir...

–Seguramente estás bromeando. ¿Que yo te estoy manipulando? No me hagas reír. ¿Quién era exactamente la que me tenía tan apretado que yo casi no podía ni respirar y, segundos después, me estaba mintiendo? Eres como una niña que necesita una buena azotaina.

Con eso bastó.

–¿Tú crees? –le espetó levantando la barbilla y cruzándose de brazos–. ¿Por qué no lo intentas?

Cuando él le agarró los brazos, algo muy diferente a la ira fue lo que se desató entre ellos. El deseo en el vientre de Tess igualaba al fuego que se reflejaba en los ojos de Nate.

–Suéltala ahora mismo, Nathaniel –rugió Walter Jensen–. Ahora, os ordeno a los dos que os sentéis. Los demás, podéis marcharos.

El administrativo y el otro abogado salieron. Antes de cerrar la puerta, el joven abogado dudó un instante.

–¿Está seguro de que no quiere que yo...?

–Grant, te lo ruego. Vete a almorzar. Creo que es más que evidente que esto ya no es un tema legal...

–¿Qué quieres decir con eso? –le preguntó Nate en cuanto la puerta se hubo cerrado.

–Cállate y siéntate.

–No pienso hacerlo –replicó Nate–. ¿Se te ha olvidado quién te paga?

Jensen ni siquiera pestañeó.

–Si quieres que sea otro el que se ocupe de este asunto, puedes hacerlo. Después de la escena de la que acabo de ser testigo, estoy reconsiderando muy seriamente mi jubilación.

Nate se tensó y se ruborizó ligeramente. Tess se dio cuenta de que la relación que había entre los dos hombres eran mucho más personal que la de un cliente con su abogado.

–Me disculpo, Walter –dijo Nate de mala gana–. Ya sabes que no tengo intención de contratar a otro abogado, pero me molesta que me trates como si tuviera doce años.

–En ese caso, no te deberías comportar como si los tuvieras, Nathaniel. ¿Qué demonios te pasa? Me siento como si estuviera tratando con un adolescente malhumorado al que tuviera que volver a sacar de un centro de menores.

Tess se quedó atónita. Miró a Nate con incredulidad. ¿Walter Jensen lo había tenido que sacar de un centro de menores cuando era un niño? ¿Cómo podía ser eso posible?

Se aclaró la garganta y se dirigió hacia la puerta con la intención de marcharse mientras que Nate y su abogado discutían. No quería saber nada del pasado de Nate ni sentir compasión alguna por lo que pudiera haberle pasado de niño.

–¿Dónde se cree usted exactamente que va, señora Tremaine? –le preguntó Walter Jensen.

–Me marcho –respondió ella tras darse la vuelta–. Ya le he dicho que no me interesa un acuerdo. No necesito…

–¿Cómo es posible que no necesites mi dinero cuando no tienes dónde vivir? –le espetó Nate.

–¿Cómo lo sabes?

–He llamado al supervisor de tu edificio.

Tess contuvo el aliento.

–¿Quién te ha dado derecho para husmear en mis asuntos privados? –repuso.

–Puedo hacer lo que quiera cuando una mujer dice que está esperando un hijo mío.

–Está bien. Basta ya –dijo Walter Jensen antes de que ella pudiera responder–. Usted –añadió señalando a Tess–, siéntese y tranquilícese antes de que le produzca algún tipo de daño al bebé. Señorita Tremaine, si tiene usted la edad suficiente para quedarse embarazada, la tiene también para mantener una conversación civilizada al respecto. Sigue estando embarazada, ¿no?

Tess se sentó. Era incapaz de negarlo.

–Una idea genial –susurró–. Sí. Tengamos una conversación civilizada al respecto –añadió mirando con desaprobación a Nate.

Su mentira había complicado la situación, por lo que no tenía más remedio que enfrentarse a ella. Le dejaría bien claro a Nathaniel Graystone que no iba a aceptar nada, por mucho dinero que él quisiera ofrecerle.

–Bien –dijo Jensen tomando de nuevo los documentos. Entonces, miró a Nate–. Ahora, Nathaniel, tú tienes que hacer lo mismo. Te sugeriría que para empezar te disculparas con la señorita Tremaine por haber husmeado en sus asuntos personales.

Nate frunció el ceño. Entonces, Tess experimentó un momento de satisfacción cuando vio que el abogado se metía los documentos debajo del brazo y se dirigía a la puerta.

–Un momento. ¿Adónde vas? –le preguntó Nate.

–Me voy a almorzar, hijo –respondió él con una sonrisa.

–No puedes hacer eso.

Nate señaló a Tess. Evidentemente, no quería llevar a cabo aquella «conversación civilizada» sin la presencia de un moderador.

–Te pago para que te ocupes de esto.

–Aún no hay necesidad para que se implique a un abogado, Nathaniel –repuso Jensen–. Estoy completamente seguro de que, a partir de ahora, te podrás ocupar tú.

Capítulo Cuatro

El tictac de un reloj que había encima de la chimenea solo lograba incrementar la tensión entre Nate y Tess. Él había estado andando de arriba abajo por el despacho como si fuera un tigre enjaulado, hasta que se detuvo por fin delante de la ventana.

Tess rompió el silencio cuando consiguió controlar su propio genio.

–Tu abogado es todo un personaje. ¿Cuánto tiempo hace que lo conoces?

–¿Cómo? –le espetó él dándose la vuelta.

–Dijo que te tuvo que sacar de un centro de menores. Simplemente me estaba preguntando qué fue lo que hiciste.

–De eso hace mucho tiempo –contestó él con frialdad.

–¿Tanto que no te acuerdas?

Nate cruzó la estancia y se sentó frente a ella.

–¿Qué tiene que ver eso exactamente con nuestra situación actual?

–Siento curiosidad. En mi adolescencia, yo también tuve unos cuantos encontronazos con las autoridades.

–¿Por qué no me sorprende?

Sin arredrarse por aquel comentario, Tess siguió a la ofensiva.

–¿Cuál es el gran secreto, Nathaniel? ¿Qué te parece si yo te cuento el mío y luego tú me cuentas el tuyo? Primero, está la vez en la que me pillaron fumando en…

–Conducir un vehículo robado, sin permiso de conducir, resistencia a la autoridad y lesiones a un oficial de policía –le interrumpió él–. Era el día de Nochebuena y decidí celebrarlo con estilo.

–¿Hiciste todo eso en una noche? –preguntó ella con incredulidad.

–Tenía doce años –respondió él encogiéndose de hombros–. No volvió a ocurrir.

–Jamás hubiera dicho… No pareces esa clase de hombre.

–Me alegro. De eso se trata.

–Supongo que tus padres se llevaron un buen disgusto –comentó ella. Su padre la habría matado si la hubieran arrestado a ella.

–No. Estaban en Cancún.

–¿En Cancún? ¿En Navidad? ¿De verdad? –preguntó ella con incredulidad. Le sorprendió más aquel dato que el hecho de que él hubiera estado conduciendo un vehículo robado con doce años. Aunque las Navidades siempre habían sido unos momentos muy tensos y difíciles en su adolescencia, al menos su padre siempre había estado allí para celebrarlas con ella, incluso cuando Tess se tuvo que ir a vivir con su tía–. ¿Y qué estaban haciendo en Cancún?

–Emborrachándose y colocándose. Era lo que se les daba mejor.

–¿Y quién te cuidaba a ti? –quiso saber Tess.

–Los empleados –respondió Nate mirando el reloj–. ¿Qué te parece si dejamos de perder el tiempo hablando de esto y empezamos a hablar de lo que nos ha traído aquí?

–Está bien –dijo ella– ¿Qué se supone que queréis conseguir con todo esto?

–Primero me tienes que decir si estás o no embarazada.

Tess se rebulló en el asiento. Entonces, el rubor le tiñó las mejillas. Nate se tensó y lanzó una suave maldición.

–Lo sabía –afirmó. Entonces, agarró a Tess por la muñeca–. ¿Es mío?

Ella negó con la cabeza, pero no pudo negarlo verbalmente. Una mentira era suficiente.

–Dime la verdad de una vez por todas.

Ella se zafó de la mano que la aprisionaba.

–¿Qué quieres decir con eso de una vez por todas? Te dije la verdad hace semanas y no me creíste. ¿Acaso no te acuerdas?

–Es decir, es mío. ¿Estás segura?

Ella agachó la cabeza y se frotó en el lugar en el que él la había agarrado. Deseó poder volver a mentir. Sería la salida más fácil. Sin embargo, no podía. Sería traicionar de nuevo la vida que crecía dentro de ella. El bebé no se lo merecía.

–Sí, estoy segura –murmuró.

Nathaniel Graystone era el padre de su hijo.

Siempre tendría un vínculo con aquel desconocido, cínico y controlador, por el mero hecho de que su hijo tendría su ADN.

–¿Vas a tenerlo?

Ella lo miró a los ojos.

–Sí. Nada de lo que tú puedas decir o hacer va a hacer que me deshaga de él.

–¿Cómo has dicho? –replicó él. En vez de enojado, parecía sorprendido.

–¡Venga ya! ¿Acaso te crees que soy tonta? –repuso ella–. ¿A qué se debía si no el dinero que estabas dispuesto a pagarme?

–A eso no –dijo él con furia–. ¿Qué clase de canalla crees que soy?

Tess se estremeció, pero no se echó atrás.

–La clase de canalla que se negó a admitir que este niño podría ser suyo cuando le dije que estaba embarazada. Esa clase.

–La reacción que tuve aquel día no tiene nada que ver con esto.

–Entonces, ¿con qué tiene que ver? Porque, si recuerdo correctamente, ese hombre no parecía tener muchas ganas de reconocer sus responsabilidades, y mucho menos de pagar por ellas.

Nate se levantó de la silla y comenzó de nuevo a andar por el despacho. Cuando por fin se volvió a mirarla, Tess vio la frustración y no la ira reflejada en su rostro.

–No te he pedido que vengas para pagarte el aborto. Sé que no reaccioné demasiado bien la primera vez que me lo dijiste, pero creía...

–¿Qué era lo que creías? ¿Que te estaba mintiendo sobre el embarazo o sobre el hecho de que tú fueras el padre? –añadió ella cuando Nate no respondió–. ¿Es eso lo que pensaste? Y luego tienes la cara de sorprenderte de que te mintiera. Por supuesto que te mentí. ¿Por qué no iba a hacerlo?

–Lo que te dije aquel día no tiene nada que ver con el niño –admitió él por fin–. Te confundí con otra persona.

–¿Con quién?

–Eso no importa.

–A mí sí me importa.

Los músculos del cuello y de los hombros de Nate se tensaron. No quería hablar de Marlena, pero al ver la expresión del rostro de Tess se dio cuenta de que no tenía elección.

Había cometido un error cuando ella le dijo lo del bebé. Había dudado de ella a causa de las mentiras de otra mujer. Por ello, iba a tener que sincerarse con Tess o consentir que ella pensara lo peor de él.

–Hace mucho tiempo salí con una mujer. No funcionaba, por lo que rompí con ella. Unos meses más tarde, hicieron un perfil de mi negocio en el *Chronicle* en el que se le calificaba como una de las diez mejores empresas de San Francisco. Marlena se presentó la noche después en mi piso vestida tan solo con un abrigo de piel y unos zapatos de tacón. Un mes después volvió a presentarse y me dijo que yo iba a ser padre. Yo la creí, aunque me sentí furioso por ello.

–¿Estabas enojado con ella por haberse quedado embarazada?

–No, conmigo mismo.

En aquellos momentos, Nate tenía veinte años y estaba obsesionado con hacer que su empresa despegara y con demostrar que podía deshacer el daño que había hecho su padre. Tener un hijo porque no había tenido cuidado y no había podido controlar su propia lujuria habría demostrado exactamente lo contrario.

–Sin embargo, comprendí que había cometido un error y que tenía que arreglarlo. Me ofrecí a mantenerlos a ella y al niño y a darle mi apellido con la condición de que no tuviera que implicarme.

–Qué generoso por tu parte –dijo ella con desdén.

–Me parecía lo menos que podía hacer –replicó él fríamente.

–Es decir, ¿jamás pensaste tener un papel en la vida de ese niño?

–No –contestó él sinceramente. Se negaba a sentirse culpable al respecto. Para él, el bebé que esperaba Marlena solo había sido un error.

Hasta la noche en la que llamaron del hospital. Una enfermera había visto su nombre en los formularios del seguro médico y había dado por sentado que él era la pareja de Marlena. Ver aquel pequeño cuerpo en la cunita, con su delicado puñito apretado contra la boca, lo afectó profundamente. Nate jamás había visto un ser tan frágil y tan indefenso, lo que le hizo sentir… algo. Algo que jamás se había creído capaz de sentir.

–Walter me sugirió que me hiciera las pruebas de ADN para confirmar la paternidad –dijo él. Cuando vio al niño, una parte de su cuerpo quedó convencida de que aquel bebé tenía que ser suyo. Incluso se puso en contacto con Marlena con la intención de preparar un régimen de visitas–. La prueba demostró con un 99,8% de posibilidades que yo no era el padre –concluyó con voz neutra–. Marlena me había mentido.

Tess se estremeció al escuchar aquellas palabras.

–Parece que Marlena era una mujer a la que le vendría bien una reprimenda –afirmó. No podía comprender que nadie pudiera ser tan calculador–. Aunque en estos momentos, también me gustaría dártela a ti –añadió.

Había dicho que un niño indefenso era un error. Había admitido abiertamente que no había tenido intención alguna de ejercer como padre.

–Fue cruel que ella te mintiera de ese modo –dijo ella.

–En especial porque no era necesario –comentó Nate–. Le di el dinero que necesitaba de todos modos.

–¿Por qué lo hiciste? –le preguntó ella.

–¿Por qué hacer que sufriera el bebé? El padre del niño la dejó tirada en cuanto ella le dijo lo del embarazo. Ella no tenía otros medios de mantenerse, razón por la cual trató de engañarme a mí.

Tess se preguntó si habría muchos hombres que ayudaran a mantener al hijo de otro hombre en tales circunstancias. Estaba segura de que casi ninguno.

–Para que lo sepas, Nate, yo no soy Marlena y no busco tu dinero.

–Eso ya lo sé, Tess –dijo él con una sonrisa. Aquel sencillo gesto hizo que el corazón de Tess le diera un vuelco en el pecho. Era una pena que no sonriera más a menudo–. Y para que lo sepas, jamás tuve intención alguna de obligarte a que te deshicieras del bebé.

–Eso ahora ya lo sé también –musitó ella aliviada–. Tal y como yo lo veo, he tomado la decisión de tener este bebé, por lo que es mi responsabilidad cuidar de él tanto económica como emocionalmente. No hay necesidad alguna de que te sientas responsable. Creo que es justo.

–Pues yo no.

–¿Por qué no?

–Un niño necesita un padre.

Aquella sencilla afirmación la sorprendió. Ella había necesitado desesperadamente a su padre después de la muerte de su madre. Había anhelado su aprobación y su afecto. Había pensado proteger a su hijo de un hombre que no lo quería y que no podía amarlo. Sin embargo, ¿de verdad tenía derecho a tomar una decisión así?

–En un mundo ideal, eso sería cierto –replicó

ella–, pero los niños crecen sin padre en muchas ocasiones. Además, ¿no es eso lo que tú tenías intención de hacer con el hijo de Marlena?

–En su momento, ese era el plan –dijo. Se pasó las manos por el cabello con gesto cansado–. Sin embargo, los planes cambian. No podría hacer eso con mi hijo. Ahora no.

–¿Por qué no?

Tess necesitaba saber la razón desesperadamente. ¿Sería posible que él no fuera tan indiferente ante la perspectiva de la paternidad como parecía? ¿Que sintiera el mismo vínculo que ella con aquel niño?

Sin embargo, en vez de darle una respuesta directa, lo que Nate dijo fue:

–¿Tienes ya un tocólogo?

–Sí, por supuesto –contestó. El brusco cambio de tema en la conversación no le pasó desapercibido.

–¿Quién?

–La doctora Hillier de Pacific Heights. Ella se ocupó del embarazo de mi amiga Eva.

Nate sacó su *smartphone* y tecleó algo.

–Bien. Haré que la investiguen un poco y le diré que me pase a mí las facturas.

–De eso ni hablar –repuso ella–. Yo me puedo pagar mis propias consultas, muchas gracias.

–¿Cómo?

–Mira, Nate –replicó Tess–. Esta no es tu responsabilidad

Él frunció el ceño.

–Ese niño es mío, Tess. Y me apuesto algo a que no tienes un seguro médico adecuado –añadió–. Por lo tanto, tus gastos médicos son responsabilidad mía.

–Tengo ahorros.

–No se trata de eso –observó mientras volvía a meterse el teléfono en el bolsillo.

–Claro que se trata de eso –insistió ella.

Nate le colocó un dedo por debajo de la barbilla y la obligó a levantar el rostro hacia él.

–¿Por qué estás tan decidida a hacer esto sola cuando no hay necesidad?

–Porque valoro mi independencia. Es importante para mí –afirmó. No quería depender de él en modo alguno. Había sobrevivido sola desde que tenía quince años. Aquello era algo que no se podía permitir perder, y mucho menos con un hombre que podía hacer que su cuerpo anhelara cosas que no debería necesitar. ¿Cómo sabía que podía confiar en que él no utilizara aquello en su contra?

–Tess, vas a tener un niño dentro de siete meses –le recordó con una carcajada–. Por si no te has dado cuenta ya, tu independencia es historia.

Ella contuvo el aliento al escuchar el afecto con el que él había pronunciado aquellas palabras. Se dio cuenta de que confiar en Nate no era el mayor de sus problemas. ¿Cómo sabría que podía confiar en sí misma?

***

Nate notó el rubor que le cubría las mejillas a Tess y tuvo que contenerse para no abrazarla.

–Deja que te ayude.

A pesar de ser la única mujer que necesitaba verdaderamente su ayuda económica y que tuviera todas las razones del mundo para demandársela, Tess Tremaine no guardaba un plan secreto en la manga. Eso le hizo sentir una gran admiración por ella y el deseo por ayudarla se hizo aún más agudo.

Le colocó la palma de la mano en la mejilla y le enganchó un mechón de cabello tras la oreja. Se preguntó de dónde provenía el fuerte deseo de ser independiente.

–Hicimos juntos a este niño, por lo que es justo que los dos nos enfrentemos a las consecuencias.

–No creo que eso...

–Y no solo es el coste de la atención sanitaria. ¿Y tu situación personal? No puedes alojarte en casa de tu amiga para siempre, ¿no?

–La próxima vez que vea a Ed lo voy a matar –gruñó ella.

–No le culpes. Puedo resultar muy persuasivo.

–Eso ya lo sé –susurró ella ruborizándose–. Nick y Eva tienen una habitación de invitados muy agradable y no les molesto.

–Si no quieres aceptar mi dinero, ¿podrías aceptar al menos mi oferta de un lugar en el que alojarte? –dijo él.

–¿A qué lugar te refieres? –preguntó ella con cautela.

–Tengo una casa que está aproximadamente a

una hora en coche de la ciudad, no lejos de Half Moon Bay.

–No pienso mudarme contigo. Los dos sabemos que eso sería un desastre.

Tess sonaba tan inflexible que Nate estuvo a punto de recitarle su regla de oro: jamás había invitado a ninguna mujer a mudarse con él.

Sin embargo, al mirarle los pechos, que se apretaban sugerentemente contra la blusa, se dio cuenta de que si sus circunstancias hubieran sido diferentes, tal vez habría considerado romper su regla de oro.

Apartó inmediatamente aquel pensamiento.

Desgraciadamente, Tess estaba en lo cierto. Sería un desastre. Tess podría ser la mujer más independiente que él hubiera conocido nunca, pero añadir sexo a su relación tan solo conseguiría complicar las cosas y perder el control de una situación que ya había dejado de controlar en una ocasión.

–Yo no vivo allí. La casa de la que te estoy hablando perteneció a mi abuelo. Allí es donde crecí, pero lleva diez años desocupada. En estos momentos, la estoy arreglando.

–Gracias, pero no creo que una obra suponga una mejora con respecto a la habitación de invitados de Nick y Eva.

–En realidad, ya casi han terminado, pero no estaba pensando en la casa principal. Hay una casita dentro de la finca que tú podrías utilizar –comentó mientras consultaba el reloj–. ¿Qué te parece si te llevo a verla esta tarde? Podrías echarle un vistazo.

–Yo no…

–No tienes compromiso alguno, pero necesitas un lugar permanente en el que alojarte. Si no tienes que pagar alquiler, los ahorros te durarán mucho más tiempo mientras encuentras un trabajo.

–Está bien. Iré a echarle un vistazo. Puedo ir en mi coche y reunirme allí contigo mañana por la tarde. Si decido quedarme allí, en cuanto encuentre un trabajo más estable te pagaré un alquiler.

Nate pensó que jamás consentiría algo así, pero permaneció en silencio. Por el momento, tenía lo que quería. Le colocó una mano en la espalda y la empujó hacia la puerta del despacho de Walter.

–Dame el número de tu teléfono móvil. Te enviaré las indicaciones para llegar allí en un mensaje. ¿A qué hora puedes estar?

–No antes de las cuatro –replicó ella. Decidió que aquella hora les impediría almorzar juntos.

–Entonces, allí nos veremos, a las cuatro –dijo. Llegó a la conclusión de que, en lo que se refería a Tess, era mucho mejor estrategia ceder la batalla para poder ganar la guerra.

Ganar la guerra implicaba llegar a un nivel de compromiso con el niño con el que él estuviera cómodo y conseguir que Tess lo aceptara. Nate decidió que ganaría la guerra.

Observó como ella se marchaba. El seductor contoneo de las caderas lo excitó profundamente. Renunciar a los despojos de la guerra iba a suponer otro grave problema.

Capítulo Cinco

Al día siguiente por la tarde, mientras el todoterreno devoraba los kilómetros a lo largo de la carretera, Nate mantenía la mirada fija en el horizonte. Los ojos le escocían por la falta de sueño. Se había despertado tres veces a lo largo de la noche, atenazado por el deseo, como consecuencia de unos sueños húmedos que no había vuelto a tener desde la adolescencia. El cuerpo fragante y suave de Tess, el dulce peso de sus senos y la húmeda presión de su cuerpo aprisionándolo habían sido las protagonistas de cada uno de ellos.

Golpeó el volante con el pulgar cuando el deseo le agarró entre las piernas. Se rebulló en el asiento, apretó el acelerador para avanzar a toda velocidad, abriéndose paso entre la tierra roja de las colinas.

Por fin, la dolorosa erección comenzó a remitir. Sin embargo, cuando subió el volumen de la música para llevar el ritmo con los dedos, reconoció que el hecho de renunciar a los despojos de la guerra no iba a ser solo difícil, sino prácticamente imposible.

Cerca de una hora después, Tess atravesó la enorme verja de hierro que Nate había mencionado en sus detallas indicaciones.

Las cinco menos cinco.

Peor de lo que había pensado. Llegaba casi con una hora de retraso, lo que seguramente jugaría en su contra a los ojos de Nate. Estaba completamente segura de que él había llegado a tiempo. El motor del coche gimió cuando tomó una curva para luego empezar a subir en medio de un palmeral.

El coche empezó a dar tirones y una nube de vapor comenzó a salir por la rejilla del radiador. ¿Por qué no había considerado el penoso estado de su coche antes de acceder ir hasta allí? La respuesta era sencilla, triste y humillante: no se había querido pasar una hora en el coche de Nathan Graystone.

El corazón ya le latía al doble de velocidad ante la perspectiva de volver a verlo. Necesitaba controlar las reacciones que su cuerpo tenía ante él, porque iba a tener que aceptar la casa que le ofrecía. Justo aquella mañana había sorprendido a Eva y a Nick besándose apasionadamente en la cocina. Después de llevar una semana allí, había llegado el momento de marcharse. No podía seguir molestando a sus amigos.

El ofrecimiento de Nate era su única opción viable. Mientras la casita que él le había ofrecido tuviera un tejado y agua corriente, iba a tener que aceptar con gratitud lo que él le ofrecía, por mucho que le fastidiara hacerlo.

Siempre se había enorgullecido de mantener la calma en momentos de presión. Aquel era uno de los requisitos de su trabajo. Desgraciadamente, ese talento parecía haberla abandonado desde que puso los ojos en Nate Graystone, pero tenía la intención de recuperarlo. Eso significaba ser sensata y ceder parte de su preciada independencia, al menos por el momento.

Metió la primera marcha para poder subir la cuesta e hizo un gesto de dolor cuando la caja de cambios comenzó a protestar.

No iba a poder conseguir un trabajo lo suficientemente bueno en una de las grandes empresas dedicadas a la organización de eventos en San Francisco antes de que empezara a notársele el embarazo. Nadie contrataba a nadie en aquellos momentos de crisis. Todas las firmas con las que se había puesto en contacto hasta el momento estaban despidiendo a sus empleados.

Había estado ahorrando para crear su propia empresa de eventos en vez de realizar contratos aislados. Había hecho además un curso de diseño web con intención de crear su propia página e incluso había dado clases de empresariales y economía. Sin embargo, siempre le había faltado el valor para dar el salto y pensar en asociarse con un inversor. Eva le había ofrecido en innumerables ocasiones ser el socio capitalista.

Empezar su propio negocio requeriría mucho trabajo en los próximos meses. Sin embargo, si pudiera arrancarlo con sus ahorros y el dinero de Eva y organizar los eventos que aceptara antes del nacimiento del bebé o seis meses después, podría funcionar. Era un riesgo grande, pero no se podía permitir seguir esperando. Además, no se podía negar que la oferta de Nate de una casa gratis no le podría haber llegado en mejor momento.

Si iba a dormir bajo el tejado de Nate, lo que no podría hacer bajo ningún concepto era terminar acostándose también en su cama.

Contuvo el aliento y agarró con fuerza el volante. Debía serenarse antes de volver a verlo. Debía reconocer que él no era el tipo frío, cruel e irresponsable que había parecido ser al principio. Ni sus motivos, ni su personalidad ni su pasado eran tan en blanco y negro como ella había dado por sentado. Había tonalidades de gris muy definidas. No obstante, eso no alteraba el hecho de que él no era el hombre hecho para ella. Era arrogante, demasiado seguro de sí mismo y tenía la mala costumbre de tratar de decirle siempre lo que debía hacer. Cuando no se estaban arrancando la ropa, ¿qué era lo que realmente tenían en común a excepción de un embarazo por accidente?

Se mordió el labio inferior para tratar de tranquilizarse. Respiró aliviada cuando la velocidad de los latidos de su corazón aminoró un poco.

Lo único que tenía que hacer era centrarse en todas las cosas que hacían que Nate y ella fueran incompatibles. Así no tendría problemas a la hora de controlar las cosas en las que eran demasiado compatibles.

El motor del coche chirrió penosamente mientras subía la última parte del trayecto. Entonces, se quedó boquiabierta ante lo que vio.

–Dios Santo...

Al otro lado del salpicadero de su coche se erguía un enorme edificio de piedra, granito y vidrieras. Torres y torretas, profusamente decoradas, creaban una casa que parecía conjurada durante los cien años de sueño de la Bella Durmiente. Setos y macizos de flores completaban una escena idílica.

¿Y Nate había dicho que aquello era una casa?

Era una maravillosa mansión. Era totalmente exagerada, pero a la vez completamente magnífica.

Consiguió llevar el coche hasta aparcarlo detrás de un todoterreno negro y se bajó del vehículo.

Rodeó la casa. Tras acercarse, distinguió una estatua de Poseidón que retozaba con una sirena en el centro de la piscina. Las formas esculpidas de sus cuerpos estaban gloriosamente desnudas. Se protegió los ojos para poder admirar mejor la línea del horizonte y, entonces, vio que dos manos emergían de la piscina. A continuación, se vieron seguidas por una oscura cabeza y un cuerpo masculino bronceado y prácticamente desnudo. El nadador salió del agua con un fluido movimiento y se quedó de pie en las losetas de mármol.

Tess lo reconoció inmediatamente, a pesar de que nunca antes lo había visto con tan poca ropa. Los anchos hombros, la imponente altura, la esbelta cintura y las largas piernas eran inconfundibles. Observó como él tomaba una toalla y comenzaba a secarse.

A pesar de los temblores que le recorrían el cuerpo y del sudor que se le acumulaba entre los senos, no podía apartar la mirada de él.

El bañador se le ceñía a unos fuertes muslos. A Tess empezaron a temblarle las rodillas. El deseo se apoderó de ella.

Bajó la mirada al ceñido bañador y el impresionante abultamiento que ocultaba. Se sintió completamente húmeda entre las piernas.

El pulso se le aceleró. El corazón parecía estar a punto de explotarle en el pecho. Se colocó la mano en el torso para tratar de volver a respirar antes de morir asfixiada y vio que él se colgaba una toalla del cuello y se dirigía hacia ella.

A cada paso que él daba, el pulso de Tess parecía acelerársele un poco más. De repente, la decisión que había tomado de no acostarse con él parecía mucho menos viable.

–Hola, Tess. Por fin has llegado –dijo con un cierto tono de censura que no resultaba tan turbador como el efecto que su voz parecía tener sobre la piel de ella–. Siento no haber estado esperándote, pero has llegado tarde y hace mucho calor, por lo que he decidido darme un baño.

–No pasa nada –susurró ella.

Tosió y trató de no fijarse en la fascinante línea de vello que le dividía el abdomen en dos partes para desaparecer por debajo del maldito bañador. Se obligó a mirarle el rostro.

Trató de pensar desesperadamente en algo sensato que decir antes de que le diera un ataque al corazón. Entonces…

–Te ruego que me digas que no has venido en ese montón de chatarra –dijo Nate.

Tess se volvió para mirar su coche, concentrándose en la irritación que le produjo aquel comentario con la esperanza de que sirviera para aplacar el deseo.

–Ese montón de chatarra me ha traído aquí perfectamente –replicó ella.

–Sí, pero con una hora de retraso.

–Calla... Baja la voz.

–¿Por qué?

–Porque ella podría oírte.

–¿Quién?

–Jezabel, mi coche –dijo, utilizando el humor para suavizar el ambiente–. Es muy sensible.

–Bueno, sigue la carretera que rodea la casa. La casita está al otro lado del campo de cipreses que queda a la izquierda. Me reuniré contigo allí. Necesito cambiarme.

–¿Y dónde te vas a cambiar? –susurró ella mientras se lo imaginaba quitándose el bañador.

–En el vestuario que hay junto a la piscina –replicó él. La mirada también se le había caldeado.

–Está bien. Es una idea excelente... muy bien. Te veré en la casa.

Mientras regresaba a su coche, se obligó a no mirar cómo él se dirigía hacia el vestuario. Sentía que la determinación a la que había llegado durante el trayecto a la casa se estaba desmoronando muy rápidamente.

***

***

–Por favor, Jezabel, dame un respiro…

Tess hizo girar las llaves en el contacto por décima vez y rezó.

El coche protestó, chirrió y pareció cobrar vida un segundo. Entonces, hizo un fuerte ruido y se paró de nuevo. Tess golpeó con la palma de la mano el salpicadero. Quería echarse a llorar, pero se contuvo.

La humillación fue completa cuando vio a Nate, ataviado con una camiseta negra y unos vaqueros desgastados, dirigiéndose a ella desde la piscina. Por lo menos, en aquellos momentos, iba vestido.

Salió del coche y esperó a que él llegara a su altura. Estaba tan guapo vestido de aquella manera como lo había estado casi desnudo.

–¿Algún problema? –le preguntó él.

–Más o menos. Creo que Jezabel ha llegado a su fin.

Se sentía muy apesadumbrada. ¿Volvería su vida a ir bien alguna vez? ¿Cómo diablos iba a aceptar el ofrecimiento que él le había hecho de una casa tan lejos de la ciudad si no tenía coche? Seguramente, la tienda más cercana estaba al menos a ocho kilómetros.

Nate metió la cabeza por la ventana abierta y encontró la palanca con la que se abría el capó. Lo levantó con su habitual economía de movimientos y lo sujetó con la barra de metal. Tess se sintió muy apesadumbrada al ver que el agua hirviendo se derramaba por la tapa del radiador.

–Esto no tiene buena pinta –dijo él sacudiendo la cabeza con las manos metidas en los bolsillos traseros.

–Tal vez si lo volviéramos a llenar... ¿Crees que eso lo arreglaría?

–Dudo que lo arreglara durante mucho tiempo.

–¿Pero no lo sabes seguro?

–¿Tienes el servicio de ayuda en carretera?

–Ya no –respondió ella. Lo había anulado hacía una semana, junto con el resto de las condiciones de la póliza que no le parecieron indispensables. No había contado que conduciría a Jezabel fuera de la ciudad–. No te preocupes. Hoy puedo volver en taxi. Supongo que ya no hay motivo para que me enseñes la casa.

Nate desenganchó el capó y lo dejó caer sobre el motor con un fuerte estruendo.

–¿Por qué no?

–Bueno, no puedo vivir tan lejos sin tener un medio de transporte fiable.

Nate la miró fijamente y deseó poder resolver su problema del modo más fácil, comprándole un coche y haciendo que se lo enviaran aquella misma tarde. No obstante, estaba seguro de que ella nunca aceptaría el regalo.

–No necesariamente –dijo mientras se sacaba el teléfono del bolsillo trasero y buscaba el número de Zane–. No puedo arreglarte el coche, pero conozco a una persona que sí podría.

Zane sabía mucho de coches, pero a Nate le daba la sensación de que el coche de Tess necesitaría un milagro. Sin embargo, Zane tenía más encanto que él y a Nate no se le ocurría una mejor manera de entretener a Tess mientras se le ocurría el modo de que ella pudiera aceptar un coche nuevo.

–¿De verdad? –preguntó ella agradecida.

Nate se podía permitir todo lo que ella necesitaba. No le preocupaba demasiado que jamás hubiera querido cuidar de ninguna otra mujer antes de ella.

Seguramente era por el hecho de que estuviera embarazada y por lo ocurrido durante su propia infancia lo que hacía que se sintiera responsable de ella. Seguramente no tenía nada que ver con el deseo que le recorría el cuerpo cada vez que la miraba. Nunca antes había deseado tanto a una mujer, probablemente porque jamás había conocido a ninguna cuyo deseo igualara al suyo. Sin embargo, eso no significaba que pensara ceder ante sus necesidades. Durante la adolescencia había descubierto que, cuanto más se desea algo, peor es para uno.

Se puso el teléfono al oído y escuchó la señal de llamada. Tess lo observaba con expectación y los ojos llenos de esperanza. Unos ligeros mechones húmedos se le pegaban al cuello por el calor mientras que los dientes mordían ávidamente el labio inferior. Parecía agotada y muy preocupada. Nate le observó el liso vientre y se preguntó si los efectos del embarazo podrían estar empezando a pasarle factura. Sintió una extraña sensación en el pecho al pensarlo. El instinto de protección era algo nuevo para él. Tanto si ella lo quería como si no, necesitaba su ayuda e iba a obtenerla.

Cuando Zane llegara, encontraría el modo de conseguir que ella aceptara un coche nuevo. Zane le ayudaría. Él era un maestro en conseguir que las mujeres hicieran lo que él quisiera. Por una vez, a Nate no le molestaría aquella cualidad de su amigo.

–Tío, ¿qué pasa? –dijo Zane a modo de saludo.

–Hola, Zane. ¿Crees que podrías venir a San Revelle esta tarde para echarle un vistazo a un motor? Es el coche de Tess.

–¿De Tess? –preguntó Zane perplejo. Luego soltó una carcajada–. No te estarás refiriendo a Tess, la chica británica a la que te tiraste en un cuarto de servicio, ¿verdad?

–No. A Tess, la madre de mi hijo –replicó conteniéndose. Solo se dio cuenta de que había pronunciado aquellas palabras cuando Zane quedó en silencio unos segundos.

–Entonces, supongo que eso significa que ya tienes la prueba que buscabas.

No la tenía, pero eso ya no importaba.

–¿Puedes venir o no? –replicó. No quería seguir hablando del tema delante de Tess.

Se produjo otra larga pausa antes de que Zane respondiera.

–Claro. Estoy cerca de Daly City. No debería llevarme más de media hora.

Nate experimentó una sensación muy desagradable al notar las ganas en la voz de Zane.

–Me muero de ganas por conocerla –añadió.

–En realidad, Zane. Olvídalo. No es necesario que…

Sin embargo, antes de que pudiera terminar de hablar, se dio cuenta de que Zane le había colgado.

–¿Puede venir? –le preguntó Tess.

–Sí –respondió Nate de mala gana.

Era ridículo. Solo de pensar que los ojos de Tess pudieran nublarse de deseo por su amigo, del mismo modo que se habían nublado de deseo al verlo a él salir de la piscina, lo volvía loco.

–Vamos a la casa –dijo–. Seguramente te vendría bien un vaso de agua –añadió–. La casa tiene aire acondicionado. Pareces muy acalorada.

–¿Cuánto crees que tardará tu amigo en llegar aquí?

–Un rato –respondió irritado–. Por cierto, hazme un favor cuando lo conozcas.

–¿Qué?

–No babees.

–¿Cómo dices? –preguntó ella confusa.

–Zane es un hombre muy guapo –admitió de mala gana.

–Yo jamás he babeado por un hombre en toda mi vida.

–Entonces, ¿qué era lo que estabas haciendo cuando yo salí de la piscina?

–Yo… eso no es… –susurró ella sonrojándose–. Eres muy engreído.

–Sin embargo, no te oigo negarlo –replicó él. Se sintió mucho mejor cuando vio el modo en el que ella reaccionaba a sus palabras.

–¡Por el amor de Dios! ¡Deja de presumir y enséñame esa casa de una vez! –exclamó ella. Entonces, echó a andar sin mirar atrás–. Te prometo que haré todo lo posible para no babear.

Tess caminaba por el sendero que llevaba a la casa, añadiendo el agotamiento a la indignación y la frustración sexual.

¿Cómo podía haber mencionado él el modo en el que ella le había mirado al salir de la piscina? Y eso justo después de decirle a su amigo que ella era la madre de su hijo. Era como si quisiera hacerle perder el control a cada oportunidad que tenía.

Tras rodear una enorme adelfa de flores blancas, se detuvo en seco. La indignación que sentía quedó en un segundo lugar al ver la enorme casa a la que Nate se había referido como «la casita». Era de estilo colonial, hermosa e imponente.

Se sobresaltó al notar que él le agarraba el codo.

–Entremos por la puerta de la cocina. Mano me dijo que nos la dejaría abierta.

Nate la condujo hasta la casa y luego la hizo rodearla para llegar a la parte trasera del edificio. Allí, encontraron una bonita puerta enmarcada por buganvillas.

–Mano era el jardinero jefe de mi abuelo –dijo mientras abría la puerta.

La cocina era una estancia luminosa y brillante. Contaba con electrodomésticos de última generación y una hermosa mesa junto a la ventana, desde la que se veía una espectacular vista de los acantilados y el océano.

–Ahora es el guardés –explicó. Sacó un vaso de uno de los armarios y abrió el grifo. Entonces, dejó correr el agua antes de llenarlo.

–¿Y vive aquí? –le preguntó ella. Tomó el vaso que Nate le ofrecía con cuidado de no tocarle los dedos.

–No. No vive en la finca. Estamos solos.

Tess dio un trago de agua fría, pero esta no logró apagar el deseo que le prendió en el pecho.

–Hasta que llegue tu amigo.

–Tardará más de media hora...

Las implicaciones eran evidentes. Habían conseguido hacer muchas cosas antes en menos de treinta minutos.

Tess dejó el vaso en la mesa y se volvió a mirarlo. Decidió que había llegado el momento de no andarse por las ramas.

–¿No te parece que no está bien que volvamos a caer en lo mismo?

–Puede, pero eso no resuelve nuestro problema.

–¿Qué problema?

–Te deseo. Mucho. Y después de que hayas babeado cuando salí de la piscina, sé que el sentimiento es mutuo.

–Tienes razón –admitió ella–, pero el sexo hará que una situación ya difícil sea imposible.

–Puede ser... aunque también podría simplificarla –sugirió él mientras daba un paso hacia ella.

Tess levantó las manos con la intención de apartarlo de su lado, pero Nate le colocó las manos en las caderas y tiró de ella. Ella sintió la necesidad que él estaba experimentando, la gruesa columna de su deseo irguiéndose contra la tela de los vaqueros. Aquella sensación fue mucho más persuasiva que las palabras.

Tess apoyó los brazos en el torso de él.

–¿Cómo?

–Tenemos que conocernos –murmuró él bajando la cabeza para tocarle el lóbulo de la oreja con la lengua–. El sexo hará que el proceso sea más rápido y más divertido.

Tess se echó a temblar. Aquella lógica era ridícula y lo sabía, pero no podía evitar seguirle la corriente.

–¿Estamos hablando de una situación de amigos con derecho a roce? Porque ese tipo de cosas jamás funcionan.

–¿Y quién dice eso? –preguntó él mientras se inclinaba un poco más hacia ella. Aunque Tess sabía que ella estaba en lo cierto y él no, no se podía resistir a las deliciosas sensaciones que él le transmitía. Su cuerpo se moría de ganas por contradecirla.

–Yo... –susurró débilmente. Le rodeó los hombros con las manos e inclinó la cabeza para facilitarle el acceso–. O al menos eso creo...

¿Garantizaba de verdad aquella situación de amigos con derecho a roce un completo desastre? Ella se había pasado la adolescencia teniendo sexo furtivo, y en la mayoría de las veces horrible, con chicos a los que ni siquiera quería recordar la mañana después. Después, se pasó muchos años sin sexo, o sexo por obligación con un hombre con el que creía que debía sentirse atraída. Al menos, Nate Graystone le garantizaba que se lo iba a pasar bien. Nunca antes había conocido a un hombre que la excitara tan rápidamente.

Él lanzó una carcajada y la subió en la encimera con notable facilidad. Tess se aferró a él para no perder el equilibrio. Adoraba la textura y la solidez de su cuerpo...

Separó las piernas para que él pudiera colocarse entre ellas. La erección se le notaba firme a través de la tela de los pantalones.

–No hay nada de malo en probar –replicó él–. Para asegurarse.

Nate bajó la cabeza y le mordisqueó la sensible piel bajo la oreja. El suave gemido de Tess resonó en la cocina.

–¿Y el bebé? –gruñó ella.

Los labios de Nate cesaron en su exploración. Se irguió y apartó las manos.

–¿A qué te refieres? ¿A cuando se está embarazada? ¿Es seguro para el bebé hacerlo?

–No es eso a lo que...

A lo que Tess se había referido era a que deberían considerar las implicaciones de acostarse juntos a largo plazo y el impacto que esto podría tener en su relación cuando naciera el bebé. Necesitaban tiempo y espacio para considerar la situación y establecer unas reglas. Si él empezaba a tocarla, eso nunca ocurriría.

Además, la verdad era que él podría tener razón. Estaba bastante segura de que estaba bien tener relaciones sexuales durante el embarazo. No se imaginaba que Eva se lo hubiera negado durante nueve meses y no lo hubiera mencionado. No obstante, no se lo había preguntado a su doctora porque no había pensado que hubiera necesidad.

–Supongo que se lo debería preguntar a la doctora Hillier –dijo ella–. ¿No te parece?

–Sí, supongo que sí –susurró él con un largo suspiro–. Es mejor que no nos arriesguemos hasta que estemos seguros.

El hecho de que él cediera, aunque fuera de mala gana, le despertó una repentina ternura. Levantó la mano para acariciarle el rostro, el cabello... Justo entonces, se escuchó el claxon de un coche. Tess apartó bruscamente la mano y la magia del momento se rompió.

–Debe de ser Zane –dijo él con una sonrisa–. Debe de haber sobrepasado los límites de velocidad para llegar aquí tan rápidamente.

Tess se bajó al suelo y se dirigió a la puerta. Se sentía incómoda y patética. ¿Cómo era posible pensar que él la quisiera o que pudiera querer a su hijo porque había mostrado un poco de contención cuando se lo había pedido?

Se irguió mientras salían al exterior, consciente de la mano que él le había colocado en la espalda.

No lo necesitaba. Podía hacerlo ella sola. El hecho de que él mostrara un poco de consideración no iba a cambiar nada.

Capítulo Seis

Tess decidió que Zane Montoya no era guapo, sino más bien espectacular. Su relajada personalidad era el complemento perfecto de su imponente físico. Nate y él estuvieron mirando el motor de su coche mientras hablaban en voz baja, de un modo no excesivamente prometedor. Zane tenía unos maravillosos ojos azules, piel olivácea y los rasgos propios de un modelo.

Cuando se inclinó para desatornillar, Tess aprovechó para admirarle el trasero. Entonces, suspiró.

Zane Montoya era la fantasía viva de toda mujer. La clase de hombre que, hacía un par de meses, le habría hecho darse la vuelta para admirarlo. Sin embargo, en aquellos momentos...

Cuando apartó la mirada del estupendo trasero de Zane, se dio cuenta de que Nate se había girado y la estaba mirando. Entonces, él levantó la mano y, con dos dedos, señaló los ojos de Tess para luego señalar el trasero de su amigo y decir por último que no con la mano. Entonces, pareció susurrar que dejara de babear.

Tess pestañeó con toda la fuerza que pudo. Él frunció las cejas con un gesto de advertencia. Se acababa de dar cuenta de un horrible descubrimiento: la atracción que sentía por Nate era mucho más turbadora.

Aquello era mucho peor de lo que había pensado, y significaba que tendría que pensárselo mejor a la hora de considerar si iba a volver a tener relaciones sexuales con él. Nunca antes había sentido una obsesión tan profunda por otro hombre, ni siquiera cuando se había mostrado todo lo salvaje y alocada posible para llamar la atención de su padre. ¿Qué haría si Nate se daba cuenta de que lo deseaba tan desesperadamente? Eso la colocaría en una posición muy vulnerable.

Él había dicho que la deseaba también. Y mucho. Sin embargo, ¿sería hasta el punto de cómo ella lo deseaba a él? Lo dudaba.

Volvió a mirar a Nate o, más concretamente, el delicioso trasero de Nate mientras se inclinaba sobre el motor de su coche. Los latidos del corazón se le aceleraron. Centró la mirada en el pequeño trozo de algodón negro, justo donde la camiseta se le levantaba y le asomaban los calzoncillos por encima de la cinturilla de los vaqueros.

Anhelaba deslizar el pulgar por debajo de la banda elástica y acariciar la piel justo por debajo y más allá.

–¿Estás seguro de que Zane tiene un coche de sobra que no le importará que yo use este periodo de tiempo? Pareció bastante sorprendido cuando se lo sugeriste.

Nate miró a Tess justo antes de tomar una curva. Levantó el pie del acelerador porque no había prisa por regresar a la ciudad. Le gustaba tener a Tess como compañera de viaje, aunque su presencia no fuera exactamente relajante.

El aroma a jazmín de su perfume inundaba el ambiente, lo que le aceleraba el pulso.

–Ya te he dicho que Zane colecciona coches –replicó tratando de recordar que era lo que le había dicho exactamente–. Tiene varios –mintió. Los tendría cuando Nate le diera el dinero para comprar el coche en el concesionario–. Necesitas uno prestado, así que es lo mejor.

–Sin embargo, eso sigue sin explicar por qué se sorprendió tanto cuando se lo sugeriste.

Zane había parecido sorprendido porque no sabía de qué le estaba hablando Nate. Por suerte, no había tardado en darse cuenta.

–Somos amigos. Si le supusiera un problema, me lo habría dicho. Y no dijo nada.

–Bueno, es muy generoso por su parte y me ha sacado de una situación complicada. Tal vez podría organizarle un evento gratuitamente para darle las gracias. ¿Realiza algún tipo de eventos con su agencia de detectives? Estoy segura de que sí.

–Ya le has dado las gracias más que de sobra –le interrumpió él, tal vez demasiado bruscamente–. No es para tanto.

–Vaya, señor Graystone. Si no supiera que es imposible, me pensaría que está usted celoso.

–¡Vi cómo admirabas su trasero! –exclamó él–.

Justo después de que admiraras el mío –añadió con una sonrisa. Vio que ella sonreía también–. No estoy celoso. Me sorprende tu resistencia.

–Yo no estaba admirando su trasero –dijo ella–. Lo estaba comparando con el tuyo…

–Vaya, pues ahora me siento mejor.

–No te preocupes. Al tuyo no le encontré ninguna carencia –replicó ella–. Sin embargo, sí que me di cuenta de una cosa: los dos tenéis exactamente el mismo color de ojos.

–¿Cómo?

–Los ojos. Es casi como si fuerais familia.

Aquel comentario le tensó el cuerpo a Nate y la diversión pareció desaparecer.

–Debió de ser un efecto de la luz del sol –dijo secamente.

¿Cómo era posible que ella se hubiera dado cuenta cuando a nadie más le había pasado nunca? Aparte de su constitución y de su altura, el color de los ojos era el único rasgo delator entre ellos.

–No lo creo. También me di cuenta de ello en el interior de la casa y allí no había luz del sol. Es una tonalidad de azul muy particular. Y ese borde oscuro alrededor del iris… Entonces, ¿no sois familia?

–Por supuesto que no. Zane es mitad mexicano mitad estadounidense –respondió él con desesperación.

–Claro. Zane debe de tener sangre anglosajona con esos ojos azules. Es un gen recesivo, ¿verdad?

–¿Qué? –le espetó él, incapaz ya de ocultar el pánico.

–Que es un gen recesivo. Significa que sus progenitores tienen ambos los ojos azules o que…

–¿Por qué te interesa tanto Zane? –le interrumpió, tratando de conseguir que se callara.

–No me interesa Zane –respondió ella–. Ya he pasado la prueba de la baba, ¿recuerdas?

Nate sabía que ella estaba simplemente tratando de aligerar el ambiente, pero eso no sirvió para tranquilizarle. Lo único que podía sentir era un dolor en el pecho, producto de la culpabilidad y de la vergüenza que lo había acompañado a lo largo de su infancia y que había estado a punto de destruir la amistad que siempre lo había acompañado.

–Bien, en ese caso dejemos de hablar de esto…

–¿Pero qué es lo que te pasa? ¿Por qué estás tan disgustado?

–No me pasa nada…

–Detén el coche ahora mismo, Nate.

–¿Cómo? ¿Por qué? ¿Es que no te encuentras bien?

–Estoy bien. Solo te pido que detengas el coche.

Nate hizo lo que ella le había pedido y frenó el vehículo.

–¿Qué es lo que pasa? –le preguntó.

–¿Qué te pasa a ti? Pareces… respondió ella mirándolo fijamente–. Tienes un aspecto terrible.

–Estoy bien –replicó él con amargura. Estaba agarrando con fuerza el volante.

–Te están temblando las manos. No estás bien. ¿Qué es lo que pasa? ¿Qué es lo que he dicho?

Para horror de Nate, sintió un profundo dolor

que le catapultó el corazón a la garganta. Respiró profundamente, pero no logró tranquilizarse.

–Creo que mi padre era el padre de Zane –murmuró. En realidad, no lo creía. Siempre lo había sabido, por mucho que hubiera querido disimularlo.

–Está bien –dijo ella con voz suave. No pareció estar sorprendida ni escandalizada. Le agarró los dedos.

–Maldita sea… –susurró Nate. Apoyó la cabeza en el asiento y cerró los ojos. Soltó el volante y entrelazó los dedos con los de ella–. No me puedo creer que lo haya dicho en voz alta…

–Pero eso os convierte a Zane y a ti en hermanos –dijo él cuidadosamente–. ¿Por qué es eso tan malo?

Nate abrió los ojos y giró la cabeza para mirarla.

–Si hubieras conocido a mi padre, sabrías por qué.

Tess se quedó sin palabras al ver el dolor latente en los ojos de Nate. Él apartó la mirada y la dirigió hacia el parabrisas. Entonces, le soltó la mano. Tess había entrado en un área muy íntima de su vida sin pretenderlo. Debería dejarlo estar. Entonces, él volvió a tomar la palabra.

–¿Sabes una cosa? Eres la primera persona que recuerdo que haya comentado el parecido, aunque a mí siempre me pareció evidente.

–¿Y lo sabe Zane?

–Sí, creo que sí.

–¿Crees? ¿No lo sabes? ¿Es que no habéis hablado al respecto? –le preguntó ella incrédula.

Nate la miró y soltó una débil carcajada.

–Hablamos de ello en una ocasión, cuando éramos niños. No hemos vuelto a hablar de ello.

–¿Qué ocurrió? –le preguntó, a pesar de que sabía que estaba adentrándose en un terreno algo peligroso, pero incapaz de contenerse.

Nate se encogió de hombros.

–Le dije que había escuchado por casualidad que mi abuelo hablaba por teléfono con mi padre. Habían estado discutiendo, como siempre, y el abuelo mencionó a María, la madre de Zane. Ella era el ama de llaves de mi abuelo. Yo la adoraba y solía fingir que también era mi madre. Zane y ella vivían en la casita en la que tú te vas a alojar. Nos hicimos amigos. María solía llamarnos «los dos bandidos» cuando me fui a vivir con mi abuelo.

–¿Por qué te fuiste a vivir con tu abuelo? –le preguntó ella. Tampoco entendía por qué necesitaba a María de madre sustituta. ¿Qué le había ocurrido a su propia madre?

–Mis padres vivían en una finca de Bel Air, pero les gustaba viajar y celebrar fiestas. Un niño suele estorbar en esas actividades.

–Entiendo…

En realidad, no lo entendía. Siempre había creído que su padre la había abandonado a ella, sin embargo, años antes de su separación, él había estado soportando toda clase de trastadas por parte de Tess, recriminaciones y malas palabras. Ella le había culpado de todo, incluso de la muerte de su madre, y le había odiado por tratar de controlarla, de disciplinarla, pero al menos su padre había estado implicado en su vida. Parecía que los padres de Nate tan solo habían sentido indiferencia hacia él.

–Bueno –dijo él, prosiguiendo con su historia–, oí que mi abuelo recriminaba a mi padre por las responsabilidades que tenía hacia mí. Entonces, dijo algo sobre Zane y sobre cómo mi padre podía tratar de aquel modo a su propia sangre. Yo tardé un tiempo en darme cuenta de a qué se refería. Cuando lo comprendí, me puse muy contento, tanto que no dormí en toda la noche. Pensar que Zane y yo podríamos ser hermanos me hacía muy feliz. Zane es dos años mayor que yo, tenía catorce entonces y era el muchacho más genial que yo había conocido nunca. Lo más genial de todo era que me dejaba acompañarlo a todas partes. Yo lo adoraba y, en lo que a mí se refería, era lo mejor que me podía pasar. Al día siguiente, me levanté muy temprano y fui corriendo a su casa. Solo pensaba en lo estupendo que sería. No pensaba ni en Zane ni en su madre. Solo en mí.

–Es normal... A esa edad los niños piensan primero en sí mismos. Ser egocéntrico es instinto de supervivencia, en especial para un niño que no había tenido el amor ni el apoyo que se merecía.

Pensó en el modo egoísta en el que ella misma reaccionó ante la muerte de su madre, en el infierno por el que le hizo pasar a su padre y, por primera vez, se dio cuenta de que, hasta ese momento, aquello era algo que jamás había cuestionado. No se había parado a pensar en cómo había afectado a su padre la muerte de su madre. De repente, lo vio muy claro. El cabello castaño de su padre encaneció de la noche a la mañana, a partir de ese día, sus ojos verdes adquirieron una expresión triste. ¿Por qué nunca se había dado cuenta de ello?

–¿Qué pasó cuando se lo contaste a Zane?

–Me dio un puñetazo. Siguió pegándome hasta que María vino corriendo al dormitorio y lo apartó de mí. Después de eso, no recuerdo mucho. Ella me curó y me suplicó que no se lo contara a mi abuelo. Ahora, me pongo enfermo solo de pensarlo. Ella me suplicaba a mí mientras que Zane estaba furioso en un rincón, con los nudillos sangrando y una furia en el rostro que no había visto hasta entonces y que no he vuelto a ver. María tenía miedo de perder su trabajo. Yo no creo que la hubieran echado, porque mi abuelo era un hombre que comprendía las responsabilidades, al contrario que mi padre. Años más tarde, me enteré de que María había estado trabajando en la cocina de Bel Air. Tenía dieciséis años y era muy hermosa. Mi padre la dejó embarazada. Mi madre la despidió cuando se le empezó a notar. Supongo que tener al bastardo de su marido en casa le habría estropeado el ambiente de fiesta –añadió con ironía.

Tess sintió que se le hacía un nudo en el estómago. No era de extrañar que Nate hubiera pagado dinero por el hijo de otro hombre y que estuviera tan decidido a cumplir todas sus responsabilidades con aquel bebé. Sin embargo, ¿dónde la dejaba a ella y a su hijo todo aquello? ¿Eran los sentimientos que tenía hacia ambos el pago por una deuda que en realidad jamás había sido suya?

–¿Qué hizo María? –le preguntó Tess, tragándose el pánico que sentía.

–Tuvo el sentido común de ir a pedirle trabajo a mi abuelo. Sin referencias, no tenía muchas opciones, pero él la contrató en el acto. No sé si sabía que ella estaba embarazada de mi padre, pero probablemente lo sospechaba. Dudo que Zane sea mi único hermanastro. Mi padre era bastante… descuidado en todos los respectos, y le gustaba seducir a las mujeres a las que empleaba.

–Lo siento mucho, Nate…

–¿Y por qué tienes que sentirlo?

–¡Siento mucho que tu padre fuera un canalla!

–Jamás lo consideré mi padre, pero tienes razón en lo de que era un canalla. Los dos lo eran –susurró. Entonces, su rostro se relajó en una sonrisa–. No me puedo creer que te haya contado esto. Gracias por escuchar. Necesitaba decírselo a alguien y te ha tocado a ti.

–Bueno, tenemos que conocernos el uno al otro. Tú mismo lo dijiste. Supongo que hablar de nuestras terribles infancias es tan buena manera como cualquiera.

Nate le tocó el labio inferior con el pulgar y ella sintió un ligero temblor.

–Se me ocurre un modo mucho mejor…

Tess le apartó la mano, pero no pudo ocultar la respuesta de su cuerpo ante aquella sugerencia.

–Eso ya lo has dicho.

Nate volvió a acomodarse en su asiento. Su sonrisa era tan devastadora y tan seductora como siempre.

–Entonces, ¿tus padres también tenían lo suyo?

–En realidad, no. Mi madre era divertida y cariñosa –dijo con añoranza–. Estaba completamente dedicada a mi padre y a mí. Ella murió cuando yo tenía doce años en un accidente de coche.

Nate le tomó la mano entre la suya y le frotó los nudillos con el pulgar.

–Lo siento...

–Durante años, yo me sentí furiosa –murmuró Tess. Por primera vez, lo vio todo claro–. Yo la echaba de menos y quería que regresara. Era hija única y ella me mimaba demasiado. Nada era tan bueno como lo había sido antes y eso no era justo. Durante semanas después del entierro, recuerdo haber mirado mal a la madre de una amiga deseando que se muriera para que yo pudiera recuperar a mi madre...

–Los niños son egocéntricos. Anteponen su instinto de supervivencia... –dijo él citando el mismo consejo que le había dado ella–. Hace falta mucho instinto de supervivencia después de perder a una madre. No tienes por qué sentirte mal.

–Supongo que no, pero lo que es terrible es el modo en el que traté a mi padre. Durante tres años, fui un ser completamente salvaje. Fumé, bebí, me hice un *piercing* en la nariz, estaba de juerga toda la noche, salía con chicos que sabía que a mi padre no le gustarían... Incluso me hice un tatuaje.

–¡Un tatuaje! ¿Dónde? No te lo he visto.

–No te emociones –comentó ella riendo–. Me lo quité hace muchos años

–¿Qué era? ¿Dónde lo tenías?

–Adivínalo…

–Está bien. ¿Cuántos años tenías? ¿Quince?

–Sí. ¿Te he mencionado que tenía un carné de identidad falso que hice yo misma?

Nate se echó a reír.

–Está bien. Chica británica con quince años –susurró mientras se frotaba la mandíbula–. Dime que no era un perrito en el tobillo o algo mono como eso.

–Por favor… –replicó ella como si se sintiera insultada–. Yo era una rebelde. Hice que me tatuaran las palabras: «Bésame el culo» en el carrillo izquierdo del trasero y me lo enmarqué con un corazón –anunció. Por primera vez en trece años se sentía orgullosa del vulgar tatuaje al ver que Nate echaba la cabeza atrás y soltaba una carcajada.

–Tess –comentó él sin dejar de reír–. Eso no tiene precio. ¿Cómo diablos se te ocurrió quitártelo?

–Era muy feo.

–¿En el trasero? Lo dudo –bromeó–. ¿Tienes idea de lo mucho que me habría gustado obedecer esa orden?

El deseo se apoderó de ella, pero retiró la mano que él aún le tenía agarrada.

–Llegas demasiado tarde, Graystone –declaró–. Esos días de rebeldía ya han terminado.

–No estés tan segura de eso –dijo él riendo todavía–. ¿Y qué hizo tu padre? ¿Se enteró de lo del tatuaje?

Aquella pregunta cortó por completo el deseo. Tess miró hacia el mar y se sintió como una tonta.

–¡Eh! –exclamó él mientras le agarraba firmemente la barbilla–. ¿Qué es lo que te pasa?

–¿Sabes cuál es la verdadera ironía de todo esto? Hasta hace veinte minutos, te habría contado una historia en la que te habría dicho que mi padre era un completo canalla por echarme de casa.

–¿Te echó de casa? ¿Por un tatuaje? Debes de estar bromeando…

–Bueno, en realidad no era un simple tatuaje. Lo era todo. Todo lo que le decía y hacía. Todas las cosas que no le decía y que no hacía. Yo estaba enfadada con él por no estar a mi lado cuando mi madre murió. Él solía encerrarse en su despacho durante horas, pero yo le oía llorando a través de la puerta y eso me aterraba. Tenía miedo de perderlo a él también, por lo que empecé a comportarme mal para llamar su atención. ¡Dios! –exclamó parpadeando furiosamente para no derramar ni una sola lágrima–. ¿Sabes qué es lo peor de todo? Durante años, él trató de reparar nuestra relación después de que me enviara a vivir con mi tía, y yo me negué. Seguí castigándolo hasta que murió.

Nate le colocó un dedo debajo de la barbilla. La simpatía que había en sus ojos hizo que una lágrima le cayera rodando por la mejilla.

–Eras una niña, Tess –susurró él secándole la lágrima con el pulgar–. Cuando se es joven, todo parece blanco o negro. Se toman malas decisiones, se hacen cosas estúpidas, en especial cuando ocurren cosas malas, como darte una vuelta en el Porsche de tu padre gritando obscenidades a un oficial de policía que está tratando de evitar que te mates porque el hombre con el que realmente estás enfadado ni siquiera está allí –musitó. Entonces, le dio un delicado beso en los labios–. Eso no te convierte en una mala persona.

Tess sonrió y se permitió aceptar el consuelo que él le ofrecía. La vida nunca había sido tan mala con ella como lo había sido con él. Ella había cometido estupideces, se había negado a aceptar las responsabilidades de los errores que cometía. Eso iba a cambiar aunque ya no pudiera recuperar a su padre. Dejaría de ver a la gente en blanco y negro y dejaría de creer que la única persona en la que podía confiar era en ella.

Respiró profundamente y se sintió mucho mejor.

–Gracias, Nate.

Él sonrió.

–Tú también sabes escuchar muy bien –añadió.

Nate parpadeó. Pareció completamente atónito por aquel halago. Entonces, asintió y dijo:

–¿Nos vamos ya?

–Sí, por supuesto –respondió ella. Se quedó sorprendida por el repentino cambio de actitud y por la expresión que había en sus ojos.

Arrancó el coche y volvió a incorporarse a la carretera sin decir ni una palabra más.

Tess se preguntó qué sería lo que ella le había dicho. ¿Qué había ocurrido con el hombre que la había besado tan tiernamente?

El aire acondicionado del coche ronroneaba mientras regresaban a la ciudad, pero el gélido ambiente no tenía nada que ver con él.

Capítulo Siete

–¿Y me dices que no está disponible? –preguntó Tess tratando de no alzarle la voz a Jenny, la asistente personal de Nate, por el teléfono.

–Me temo que no, Tess. Tiene una reunión muy importante.

–¿Cómo? ¿Otra reunión? –replicó ella enojada. Ya eran tres reuniones importantes en tres días. Nate necesitaba cambiar de excusa.

Tess escuchó cómo Jenny lanzaba un suspiro, como si estuviera cansada de mentir.

–Le diré que has llamado. ¿Quieres dejarle un mensaje? Me aseguraré que lo reciba.

–¿Puedes decirle que tengo la ecografía para mañana por la mañana en la consulta de la doctora Hillier? Es a las diez. Él tiene la dirección.

–¿Has dicho ecografía?

–Sí.

No había vuelto a estar a solas con Nate desde que él la dejó en casa de Nick y Eva hacía tres semanas. Justo después de que tuvieran aquella conversación tan reveladora. Llevaba evitándola desde entonces.

Ni siquiera se había presentado cuando ella se mudó a su casa hacía dos semanas. Eso la había dejado muy frustrada. Se había cambiado de ropa tres veces porque había dado por sentado que él iría a buscarla para llevarla a su nueva casa. Tan solo se presentaron los de la mudanza, con un regalo de parte de Nate para su nuevo hogar, un regalo que Tess estaba segura que había comprado la eficiente Jenny. No se lo imaginaba comprando velas aromáticas y una selección de toallas de baño. En el paquete había una nota en la que se excusaba diciendo que tenía compromisos de trabajo. ¡En sábado!

–Está bien –dijo Jenny–. Se lo diré en cuanto salga de la reunión. Estoy segura de que querrá estar presente.

Tess colgó el teléfono. Tuvo que contenerse para no arrojarlo al otro lado de la habitación.

Respiró varias veces para tranquilizarse mientras contemplaba las espectaculares vistas que había del valle y del mar. ¿Por qué le molestaba tanto que Nate no le hiciera caso?

Se había sentido conmovida por la conversación que habían tenido en el coche y había creído que su relación había sufrido un cambio fundamental como resultado de las confidencias que habían compartido aquella tarde. Se había hecho ilusiones con el hecho de que pudieran desarrollar una amistad y conocerse mejor. Incluso se había imaginado que él iría a verla ocasionalmente... hasta había preguntado a la doctora Hillier por el sexo durante el embarazo. Se ruborizó.

–No afectará en absoluto al bebé. Ahora deberías disponer de momentos de calidad con el padre porque será mucho más difícil cuando llegue el bebé.

Se había hecho ilusiones. Resultaba humillante y descorazonador ver que Nate distaba mucho de sentir el mismo entusiasmo que ella.

Después de tres semanas de esperar que él la llamara, y no que solo le mandara correos electrónicos o le enviara mensajes para responder a lo que le preguntaba, Tess estaba empezando a pensar si el hombre que había creído ver en el coche existía realmente. Lo que era mucho peor era que aquellas tácticas para evitarla le habían hecho sentirse como si fuera una muchacha desesperada tratando de reclamar su atención. Y eso le escocía.

Recordó que él había comenzado a comportarse muy formalmente con ella justo al final de la conversación. ¿Qué era lo que había pensado que ella iba a hacer? ¿Declararle su amor incondicional?

Tecleó en el ordenador para abrir el diseño del folleto en el que llevaba ya unos días trabajando. Decidió que no podía permitir que aquello le importara. Nate Graystone ya había interferido demasiado en su pensamiento. Tenía muchas cosas que hacer si iba a levantar Bay Banquets y a empezar a pedir trabajo el mes siguiente.

Estudió el folleto y dejó que el orgullo del trabajo bien hecho le ayudara a animarse. Tenía un aspecto estupendo. Decidió que podría conseguirlo.

Tras realizar los últimos retoques, transfirió el archivo a una memoria USB. Entonces, se retiró del escritorio y se acarició el minúsculo abultamiento que tenía bajo la cinturilla de los vaqueros. Decidió que si él no se presentaba al día siguiente, y ciertamente no lo esperaba, se molestaría pero no se derrumbaría. Después de aquella última conversación había deseado que él formara parte de todo el proceso. Sin embargo, si él no sentía lo mismo, no pensaba obligarlo a nada.

Hizo girar la silla para admirar la hermosa habitación. Había sido muy fácil mudarse allí. Adoraba la casa. Todas las mañanas salía a correr por un sendero que había encontrado y que llevaba hasta una playa privada. Era un lugar tan hermoso que no deseaba marcharse de allí. Decidió que, cuando empezara a conseguir contratos, negociaría un alquiler con Nate. A él probablemente no le gustaría, dada la insistencia que mostraba en pagarlo todo, por lo que le permitiría que le cobrara un precio ridículo para poder sentir que mantenía la separación entre ambos y tener también la seguridad de que podía quedarse. No se le ocurría un lugar mejor para que un niño pudiera empezar su vida. Quería que su hijo tuviera una conexión tangible con el muchacho que Nate había sido, aunque el hombre siguiera manteniéndose distante.

Tomó la memoria USB y la frotó con el pulgar, como si fuera Aladino a punto de conjurar al genio de la lámpara. Entonces, se lo metió en el bolso para llevarlo a una imprenta.

Había empezado a mostrarse mucho más flexible con los límites de su propia independencia, y eso era bueno. Había accedido a trasladarse allí y había comprendido que no tenía por qué hacer las cosas sola. Sin embargo, una cosa era ser eso y otra muy distinta aferrarse a lo que no debía. Decidió que no iba a volver a llamar a Nate.

Se miró el vientre y volvió a experimentar una profunda emoción. Seguramente eran las hormonas del embarazo. Si el único apoyo que Nate le ofrecía era el económico, se sentiría desilusionada pero lo superaría.

Aunque le doliera.

Nate comprobó el GPS de su teléfono y luego se lo metió en el bolsillo de la chaqueta antes de entrar en el edificio. En cuando accedió al vestíbulo, vio a Tess sentada junto a la ventana. Tenía la mirada perdida y las manos apretadas sobre el regazo, las piernas cruzadas por los tobillos y el cabello recogido. Estaba muy hermosa y muy sexy… y parecía algo asustada.

Nate se metió las manos en los bolsillos. No debería haber ido, pero cuando Jenny le dio el mensaje con muy malos modos y bastante irritación, supo que no podía seguir resistiéndose a ver a Tess.

Habían pasado tres semanas, y la mirada que se le había reflejado en el rostro cuando le dio las gracias por escucharla aún lo perseguía. Aquel sentimiento había sido repentino y totalmente inesperado. En parte deseo, porque con Tess siempre existía la necesidad sexual, pero, debajo, había algo más, algo mucho más turbador, un deseo por enmendar las cosas que él no comprendía y que no quería comprender.

Había tratado de racionalizarlo desde que se obligó a no ir a San Revelle para verla. Aquella mujer iba a tener un hijo suyo, por lo que era natural sentirse protector con ella y el bebé. Sin embargo, lo que ocurría era que el bebé aún no era real para él. Era un concepto abstracto, una responsabilidad que aún no había asumido. Cuando llegara el momento, haría un esfuerzo por entablar una relación con él. Se lo debía a su hijo. Sabía muy bien lo que era sentirse ignorado, sentirse un inconveniente. Afortunadamente, aún le quedaban seis meses para hacerse a la idea de esa relación.

No. Lo que le preocupaba no eran los sentimientos por el bebé, como tampoco le ocurría con la incertidumbre de meterse en un papel para el que no tenía actitudes. Lo que realmente le preocupaba eran los sentimientos que tenía hacia Tess.

Ella no era la persona que había creído que era. Aquella tarde, cuando pararon en la carretera, había descubierto a una mujer más sincera y más directa de lo que él sería nunca. Como resultado, lo que sentía por ella no era tan superficial como había esperado. ¿Cómo iba a serlo, si había compartido con ella secretos que jamás le había contado a nadie? Después de acostarse con ella dos veces y de conocerla desde hacía menos de dos meses, le había contado cosas muy íntimas de su vida.

Una vez más, trató de comprender por qué se había permitido confesarse de aquel modo con tan poca provocación. Además, hablar de lo ocurrido con Zane y con su padre le había servido de liberación. Ella había comprendido que había un espacio dentro de él que jamás se podría llenar. No quería que nadie viera esa debilidad ni que supiera que existía. No quería que ella supiera la historia de un niño que había sido tan estúpido como para creer que una conexión biológica era suficiente para darle una familia. No quería que le importara que él también tenía necesidades, que había sobrevivido a la infelicidad y a la desilusión, porque eso les daba un vínculo que iba más allá del sexo.

Podría ofrecerle responsabilidad, compromiso hasta cierto punto incluso, pero no podía soportar la vulnerabilidad. Abrirse de aquella manera solo conducía a la desilusión.

Por supuesto, él podía contar con Zane, aunque siempre había existido aquella oscura verdad entre ellos. Nate siempre había deseado ser el hermano de Zane, pero él jamás había querido ser el suyo.

Se acercó a la recepcionista, que levantó la mirada y le dedicó una agradable sonrisa.

–¿En qué puedo ayudarle, señor?

–Me llamo Nate Graystone. Estoy aquí con mi... –se interrumpió– con Tess Tremaine, para ver a la doctora Hillier.

La recepcionista sonrió y luego consultó el ordenador.

–Estupendo, señor Graystone. La doctora va algo retrasada, pero les recibirá enseguida. La señorita Tremaine ya está aquí.

Nate se dirigió hacia el lugar en el que había visto a Tess. Ella lo miró boquiabierta en cuanto lo vio. Sin embargo, reaccionó rápidamente y se puso de pie.

–¿Recibiste el mensaje? –le preguntó con voz completamente neutral.

¿Por qué le molestaba a Nate que ella se mostrara tan controlada?

–Sí, gracias por decírmelo.

Los dos tomaron asiento. Nate notó una oleada de su perfume a jazmín y sintió la familiaridad del deseo.

–No tenías por qué venir –comentó ella, lo que le molestó a Nate aún más–. No te esperaba. Pensé que probablemente tendrías otra R. M. I.

–Quería venir. ¿Qué es una R. M. I.?

Ella lo miró fijamente.

–Una Reunión Muy Importante, por supuesto. Según Jenny, has tenido muchas últimamente.

En realidad, eso era cierto. Graystone estaba a punto de adquirir una empresa de *software* y las reuniones habían sido constantes. No obstante, podía haber delegado parte del trabajo en su equipo de dirección y no lo había hecho. La razón era que necesitaba una distracción para evitar pensar en Tess.

–¿Te encuentras a gusto en la casita? –le preguntó cambiando de tema.

–Sí. Yo… Es muy bonita y la finca es maravillosa. Estoy muy a gusto allí.

–Me alegro –dijo–. ¿Y el Beemer de Zane también bien?

–Sí –respondió ella–, aunque me siento algo culpable por tomarlo prestado indefinidamente.

–¿Por qué? –preguntó él. Esperaba que no se hubiera dado cuenta de que todo había sido una treta.

–Solo tenía treinta kilómetros cuando me lo llevó. Creo que es completamente nuevo. Ciertamente, huele a nuevo. ¿Y si se lo rayo?

–Estás asegurada, ¿no?

–Sí, pero aun así…

–En ese caso, no hay ningún problema –replicó él. Le cubrió la mano con la suya y sintió un satisfactorio temblor en la de Tess.

–¿Señorita Tremaine? ¿Señor Graystone? La doctora Hillier los recibirá ahora.

Nate levantó la mano, agradecido por la interrupción de la recepcionista. No debería haber tocado a Tess. Había sido un error. Después de tres semanas, la tortura se había triplicado.

Se puso de pie.

–Esto va a ser… interesante –dijo mientras esperaba que ella echara a andar delante de él.

–Mientras todo esté bien…

–Pero se trata de algo rutinario, ¿verdad?

–Sí, sí, claro que lo es –repuso ella, aunque no parecía estar completamente segura.

–¿Cómo te sientes? –le preguntó. La culpabilidad se apoderó de él cuando se dio cuenta de que no se había molestado en preguntar por ella desde hacía tres semanas.

–Bien.

–En ese caso, no hay nada de lo que preocuparse.

–Por supuesto. Tienes razón.

Nate le apretó la mano contra la espalda y sintió un fuerte instinto de protección y posesión hacia ella cuando entraron juntos en la consulta. En aquella ocasión, el pánico no se apoderó de él. Debía apoyar a Tess. Ella lo necesitaba y no solo económicamente.

Eso significaba que seguir evitándola ya no era una opción.

–Ahí tenéis. Son las piernas y los brazos del bebé –les dijo la doctora Hillier mientras indicaba la pantalla y movía el ecógrafo por el vientre de Tess.

Tess contuvo el aliento cuando la cabeza y un minúsculo cuerpo aparecieron en la pantalla y comprobó que los rasgos del bebé ya se estaban formando. No había esperado que el bebé pudiera ser tan reconocible y, ciertamente, no había estado preparada para nada tan intenso, tan sorprendente y tan aterrador.

Nate le agarró la mano y ella levantó la mirada. Se encontró con Nate observándola. ¿Era su imaginación o se sentía él tan maravillado como ella?

–Es genial, ¿verdad? –murmuró él mientras le apretaba los dedos hasta que le dejaron de temblar.

–Sí…

Mientras la doctora tomaba las medidas de las partes del cuerpo que estaba comprobando, se empezaron a oír los latidos del corazón del bebé. Al escucharlos, Tess se tuvo que secar una lágrima que le cayó por la mejilla. Dio gracias de que la sala estuviera en penumbra y de que Nate estuviera absorto con lo que veía en la pantalla.

Siguió aferrándose a su mano. Se había persuadido de que lo podía hacer sin él, que no le importaba que él no acudiera. Sin embargo, verlo allí y comprobar que él estaba dispuesto a compartirlo todo con ella resultaba abrumador.

Mientras él le hacía preguntas a la doctora, Tess se concentró en sus propios sentimientos, que estaban demasiado cercanos a la superficie. Sin embargo, cuando él prosiguió con las preguntas, el pánico se apoderó de ella.

Tal vez podría hacerlo sola, pero no quería. Aquel pensamiento la sorprendió. Se concentró para dejar a un lado los sentimientos y le soltó la mano a Nate.

Él la miró en la oscuridad. Tess esquivó la mirada y se concentró en la imagen que había en la pantalla. En su bebé.

Se alegraba de que él hubiera acudido, de que estuviera allí, pero no lo necesitaba. De eso estaba segura.

–Eso ha sido maravilloso –murmuró Nate, sin poder olvidar la imagen del bebé en el monitor.

Su hijo había dejado de ser un concepto abstracto para convertirse en algo muy real. Se alegraba de haber acudido a la consulta. Aquello podría ayudarle a ordenar sus prioridades.

Había sido un cobarde al evitar a Tess aquellas tres semanas. Había visto la acusación en sus ojos cuando ella le soltó la mano, como si lamentara haberse vuelto a él para buscar apoyo.

El deseo que los dos habían sentido el uno por el otro era solo una necesidad física. Entonces, ¿por qué se había mostrado tan cauteloso? Aquellas tres semanas de distanciamiento solo habían intensificado el anhelo.

Abandonaron la consulta del médico. Nate no tardó en ver el impecable Beemer en el aparcamiento. El sol del mediodía relucía. Entonces, agarró a Tess por el codo y la obligó a que se detuviera.

–Espera, Tess. ¿Qué te parece si te llevo yo a San Revelle? Luego podría volverme en un taxi.

Ella lo miró fijamente y con una cierta irritación.

–¿Y por qué harías eso?

Nate dudó. Sabía que, probablemente, la verdad provocaría una discusión, pero decidió que ya había tenido mentiras más que suficientes.

–Pareces agotada y no quiero que vayas conduciendo tú sola.

Tal vez aquello no era toda la verdad, pero sí se acercaba lo suficiente.

Tess levantó las cejas y se encogió de hombros.

–Soy perfectamente capaz de conducir sola sin tu ayuda, Nate –replicó. La implicación estaba muy clara. Había sobrevivido sin él casi tres semanas.

–Claro que sí, pero, ¿por qué no me permites que lo haga yo?

Ella entornó la mirada, pero Nate supo que se había salido con la suya cuando Tess miró hacia el coche y suspiró.

–Está bien –dijo mientras buscaba las llaves en el bolso y se las daba–, pero no creas que esto significa que te he perdonado por tantas reuniones importantes

Nate sonrió al ver que ella se daba la vuelta para dirigirse al coche. Tess lo necesitaba, pero era una mujer testaruda y estaba decidida a ser independiente. Tendría que hacérselo comprender.

–La casa está estupenda, pero, ¿no querías traerte aquí algunos de tus muebles?

Tess se asomó por la puerta de la cocina y tomó un largo trago de limonada helada. La altura y la corpulencia de Nate parecían llenar el enorme salón, pero decidió que no iba a sentirse intimidada por su presencia. Además, no quería que él entrara en la cocina. La encimera guardaba demasiados recuerdos.

–No tengo muchas cosas –dijo cuando regresó al salón–. Además, los muebles que ya había aquí parecían encajar mejor con la casa.

Le entregó el vaso de limonada. Nate la miró a los ojos mientras aceptaba el vaso rozándole suavemente la mano.

–Gracias.

Tess dio un paso atrás. No podía apartar la mirada de la fuerte columna de su garganta cuando él se bebía la limonada. Entonces, señaló hacia el pasillo con el vaso.

–Te enseñaré el resto antes de que te marches.

Mientras avanzaban por el pasillo, parte de la tensión desapareció. Enseñarle la casa era un gesto cortés, pero impersonal. Debería ayudar a aliviar la tensión que había empezado a surgir entre ellos durante el trayecto en coche y a devolver las cosas a la normalidad.

No fue así.

A pesar de que las habitaciones de la casa eran muy espaciosas y que el aire acondicionado estaba casi al máximo, cada habitación en la que entraban juntos parecía más pequeña y agobiante que la anterior.

El silencio hacía que el recorrido fuera más estresante. Cada vez que ella se volvía para salir de una estancia, se encontraba con él frente a frente, observándola con una mirada intensa y una fuerza física que la volvía loca por completo, aunque ella se esforzaba mucho por que no se le notara.

Después de mostrarle el despacho, Tess regresó al salón con la excusa de mostrarle el jardín.

–Te has olvidado de esta habitación –dijo él antes de que ella pudiera avanzar lo suficiente hacia su salvación.

Tess se detuvo y se dio la vuelta. Nate estaba junto a la puerta de su dormitorio. Estaba sonriendo.

–¿Qué hay aquí? –le preguntó como si no lo supiera ya.

Tess se negaba a mostrarle su dormitorio. No

pensaba volver a acostarse con él. Nate la había estado evitando durante tres semanas y no iba a exponerse de nuevo a su rechazo.

Antes de que ella pudiera hablar o impedirle que abriera la puerta, Nate hizo girar el pomo y entró en el dormitorio.

–Bonitos cojines –dijo mientras observaba la habitación–. ¿Es esa cama tan cómoda como parece? –le preguntó tras girarse de nuevo para mirarla.

–Supongo que nunca lo sabrás –replicó ella.

Nate se echó a reír.

–¿Por qué no te acercas y me lo dices aquí?

Era un desafío, pero no estaba convencida de poder ganarlo. Sin embargo, el orgullo le hizo levantar la barbilla y acercarse. Se detuvo delante de él y lo miró fijamente.

–Supongo que nunca lo sabrás –repitió, aunque no tan firmemente como hubiera deseado.

–¿De verdad?

Nate le agarró la nuca con una mano y la besó. La lengua se le escapó para hundirse en la boca de ella en medio de un fuerte asombro y una repentina excitación.

El deseo se apoderó de ella. El cuerpo le temblaba de necesidad. Le devolvió el beso, enredando la lengua con la de él en una danza de pasión y provocación.

Entonces, el cerebro consiguió reaccionar. Contuvo el aliento, le agarró la camisa con los dedos y lo empujó con fuerza para apartarlo de ella. Nate casi no se movió, pero la miró fijamente.

–Esto no va a volver a ocurrir –dijo ella. Las piernas le temblaban y las manos también.

–¿Por qué no? No perjudica al bebé, ¿verdad?

–No, pero no se trata de eso.

–Entonces, ¿de qué se trata? Lo deseas tanto como yo –susurró mientras le cubría un pecho con la mano–. Si no fuera así, no tendrías el pezón tan erguido y tan duro que lo noto incluso a través del sujetador.

–No lo estoy negando –replicó ella mientras le apartaba la mano con un golpe seco–. Llevas tres semanas evitándome, Nate. Eso significa que no puedes venir aquí como si nada y volver a empezar donde lo dejamos sin explicación alguna.

–¿Por qué no? Es lo que los dos queremos.

–Entonces, no lo niegas…

Nate se mesó el cabello y lanzó una maldición. Dio un paso atrás.

–Necesitaba un poco de tiempo para descubrir cuál era el mejor modo de afrontar… este… esto que hay entre nosotros –dijo, sin saber cómo definirlo–. No quería que te hicieras ideas equivocadas.

–¡Ah, muy bien! ¡Entonces, todo está bien! –exclamó ella llena de indignación–. Me tratas como si no existiera durante tres semanas mientras decides cómo va a salir esto. ¿Y yo? ¿Acaso no tengo opinión? Además, ¿de qué ideas estás hablando?

Tess tenía los puños apretados. Tenía que recordarse que era una mujer hecha y derecha y que tenía que controlarse, a pesar de que lo que de verdad le apeteciera era darle un puñetazo.

–En ese coche, me sinceré contigo y tú me contaste cosas sobre ti que me hicieron darme cuenta de que… eres mucho más complicado de lo que yo me había imaginado.

–¿Complicado? ¿Cómo complicado?

–Complicado del modo en el que todo el mundo es complicado, tonto. Sin embargo, solo porque te agradecí que me contaras esas cosas de tu pasado y que escucharas lo que yo tenía que decir del mío, no esperaba que esto condujera a algo más que lo que habíamos acordado. Créeme si te digo que en estos momentos no necesito más emociones –dijo mientras se acariciaba suavemente el vientre. Simplemente no tengo ni espacio ni tiempo para ellas. Realmente, es muy engreído de tu parte pensar que solo porque hemos compartido unas cuantas verdades de nuestro pasado, yo iba a empezar a hacerme ideas sobre nosotros –le espetó con las manos en las caderas–. Da la casualidad de que valoro mi independencia tanto como tú.

Tess lo miró fijamente y se preparó para que él respondiera. Sin embargo, él se limitó a bajar la barbilla y a lanzar un suspiro.

Cuando volvió a levantar la mirada, tenía una triste sonrisa en los labios.

–Lo siento –murmuró. Entonces, extendió la mano y comenzó a acariciarle la mejilla suavemente. Aquel suave contacto le encogió a Tess el corazón–. Supongo que me he asustado un poco.

–¿Un poco? –repitió ella con incredulidad. Sin embargo, no quería pelear con él. Resultaba agotados y había comprendido por fin que las peleas no resolvían nada–. ¿Y por qué te asustaste? Yo no recuerdo haberme puesto de rodillas para suplicarte un compromiso.

Nate bajó la cabeza.

–Yo nunca le había contado a nadie esas cosas y me asusté. No podía entender por qué te lo había contado a ti –explicó–, ni por qué me sentía bien por ello.

–Tal vez fue el hecho de descubrir que vas a ser padre lo que te obligó a soltarte un poco –dijo ella tratando de convencerle a él tanto como a sí misma–. Los dos hemos estado sometidos a mucha presión últimamente. Ser padres es algo muy importante y ninguno de nosotros ha tenido tiempo para acostumbrarse a la idea. Yo también he pasado por ello.

–Sí, puede ser…

–¿Has pensado en hablar con Zane al respecto? Los dos sois ya mayores y sin duda sabéis más. Podría ser de ayuda.

Nate tardó unos instantes en responder, como si estuviera reconsiderando la idea. Entonces, negó con la cabeza.

–No. Algunas cosas es mejor dejarlas estar.

Tess no estaba de acuerdo, pero no se lo dijo. En realidad, no era asunto suyo.

Nate le agarró la barbilla con la mano y le acarició los labios con el pulgar.

–Entiendo que no necesitas más sobresaltos emocionales. Yo tampoco –dijo él–. Sin embargo,

¿qué te parece si volvemos a empezar y le damos otra oportunidad a lo de ser amigos?

–Mmm –murmuró ella, como si se lo estuviera pensando–. Supongo que mientras pudiera confiar en que mi amigo no va a volver a tener un ataque de pánico, podría considerarlo.

–¿Sí? ¿Y si tu amigo quisiera seguir teniendo derecho a roce?

Al escuchar esas palabras, Tess se apoyó contra la pared por temor a que le cedieran las rodillas. Se colocó las manos a la espalda y la arqueó hasta que los pechos se le tensaron contra la tela de la blusa.

–Supongo que se me tendría que persuadir –bromeó ella al ver que él le miraba el escote–, de que el roce en cuestión iba a merecer la pena.

Nate la miró fijamente unos instantes. Entonces, le rodeó la cintura con un brazo y tiró de ella. A continuación, la besó con fuerza y persuasión. El efecto de aquel contacto los prendió a los dos en llamas.

Tess le hundió los dedos en el cabello, enredándoselos en él mientras abría la boca para animarlo a entrar. Gozó con las caricias de la lengua explorándola con toques firmes y deliberados.

De repente, Nate se detuvo. La tomó en brazos y la llevó al dormitorio. Ella se aferró a él. Se sentía algo mareada. La sangre parecía haberle abandonado la cabeza para centrársele en el sexo.

–Creo que podré conseguirlo –dijo él antes de dejarla caer en el montón de cojines.

Se subió encima de ella, inmovilizándola. Su mirada era tan intensa que le abrasaba la piel a Tess. Cuando él volvió a besarla, pudo sentir en sus labios una sonrisa que hizo eco en su corazón.

Se desnudaron en cuestión de segundos. El gesto tan decadente de hacer el amor por la tarde resultaba liberador. Nate le acariciaba los pechos, se los mordisqueaba suavemente y se los lamía con fruición, chupándoselos hasta que ella explotó en un rápido y espontáneo orgasmo.

Mientras ella se recuperaba, Nate le sonreía.

–¡Qué sexy! –exclamó, sin dejar de juguetear con los sensibles pezones–. ¿Crees que es por el embarazo o siempre te muestras tan receptiva?

–Tengo los pechos más sensibles...

–Me alegra saberlo –comentó él con una juguetona sonrisa que la hizo reír a ella también.

Nate la colocó sobre su regazo. La presión de la erección hizo que ella volviera a excitarse.

Tenían una cama y toda la tarde para disfrutarla. Tess deseó tomarse su tiempo. Se colocó a horcajadas encima de él.

–Eh, ¿qué...?

Nate trató de volver a tumbarla en la cama, pero ella no se lo permitió.

–No se discute con una mujer embarazada –le espetó. Entonces, él se tumbó en la cama, derrotado, aunque solo durante un instante.

Una pícara sonrisa le iluminó el rostro. Entonces, le rodeó la rodilla con una mano y comenzó a acariciarle suavemente el muslo.

–¿Y quién ha dicho nada de discutir?

A continuación, le hundió los dedos entre los húmedos y cálidos pliegues. Ella contuvo la respiración. El contacto fue electrizante. Tess se derrumbó encima de él, atrapándole la mano, pero cuando él gruñía de placer, ella se apartó.

–Basta, Nate.

–¿Por qué? –le preguntó mientras le enmarcaba el rostro con las manos.

–Nunca antes te he visto completamente desnudo –respondió–. Y eres muy hermoso. Quiero explorar...

–¡No soy hermoso! –protestó él, lleno de indignación. A pesar de todo, se volvió a tumbar en el colchón y se colocó las manos detrás de la cabeza–. Sin embargo, si insistes, adelante.

–Claro que insisto.

Tess sonrió y dejó que las manos recorrieran el cuerpo de Nate a placer, explorando cada glorioso centímetro de su cuerpo. Los dedos comenzaron a jugar con el fino vello oscuro que le cubría el torso, para trazarle luego los oscuros pezones. A continuación, siguió la línea que marcaba el vello por el abdomen y sonrió cuando él contuvo la respiración.

Por fin, se retiró un poco para contemplar la magnífica erección que se levantaba, orgullosa y enorme, desde los rizos oscuros de la entrepierna.

Se mordió el labio y lanzó un suspiro de apreciación. Entonces, rodeó aquella firme columna con los dedos.

Nate gruñó de placer. Su cuerpo comenzó a temblar. Tess se maravilló de la longitud y del grosor mientras su cuerpo se diluía ante la perspectiva de acogerlo. Le sonrió y se inclinó para besársela, para lamerle la punta. Sin embargo, cuando mostró intención de hacer más, él se echó hacia atrás.

–Ni hablar, Tess.

–Deseo hacerlo...

–Tendremos que dejarlo para otro día. Hace más de un mes y me voy a morir si no puedo estar dentro de ti en menos de diez segundos.

Inmediatamente, le colocó la mano en el vientre y comenzó a acariciar el delicado bultito que era apenas visible.

–No hay peligro, ¿verdad?

Tess parpadeó para contener las lágrimas que le llenaron los ojos y asintió. Nate se acomodó entre los muslos de ella, le agarró el trasero, sujetándola y abriéndola para, inmediatamente, hundirse en ella rápida y profundamente. Tess lanzó un gemido ante la brutal intrusión. Su cuerpo se contraía alrededor de él.

–¿Estás bien?

Tess le acarició el rostro y movió un poco las caderas.

–Sí... –gimió–. Es increíble...

Nate sonrió y comenzó a moverse con lentos e insistentes movimientos, dándoles placer a ambos. Aquel era muy diferente del frenético acoplamiento de las anteriores ocasiones. La sumió en un mar de sensaciones, obligándola a gemir de gozo cuando el clímax se apoderó de ella envuelto en una poderosa ola de placer. Tess oyó como él la acompañaba inmediatamente. Su gruñido de satisfacción se hizo eco en las paredes de la habitación mientras los cuerpos desnudos de ambos se hundían en la cama.

Una placentera atmósfera de placer los rodeó a medida que las sensaciones fueron mitigándose. Ella acarició las suaves planicies de la espalda de Nate. El reconfortante peso de su cuerpo la oprimía contra el colchón.

Estaba bien. Los dos estaban bien. Solo eran amigos con derecho a roce.

Un roce verdaderamente maravilloso.

Capítulo Ocho

–Eh, Tess. He traído la cena.

Nate no se molestó en llamar a la puerta. Entró por la puerta de la cocina y dejó la bolsa de comida preparada encima de la mesa.

Desde la ecografía de hacía una semana y el espectacular sexo que habían disfrutado a continuación, Nate había tomado por costumbre presentarse sin avisar. Sin embargo, siempre llevaba la cena y jamás se quedaba a dormir, porque así lo que había entre ellos no era tan formal.

El pulso se le aceleró al pensar que iba a ver a Tess. Llevaba un par de días sin verla. Se había obligado deliberadamente a no ir a visitarla con la esperanza de que ella lo llamara y le pidiera que fuera a su casa. Se lo habían pasado muy bien el fin de semana, igual que todas las noches en las que él había ido a verla. Sin embargo, como ella no le llamaba se había visto obligado a tomar de nuevo la iniciativa.

Entró en el salón. No importaba que ella no le llamara. Si quería aferrarse a su independencia y fingir que no necesitaba que él fuera a verla, allá ella.

–Tess, ¿dónde estás?

Miró el reloj. Era algo más temprano que de costumbre. ¿Dónde podía estar? El vello se le puso de punta cuando vio que la puerta de su despacho estaba abierta y que el escritorio estaba vacío. Diablos. ¿Habría salido? Si lo había hecho, ¿adónde había ido?

Entonces, oyó un gemido ahogado y la irritación le desapareció en un instante. Echó a correr verdaderamente alarmado.

–Tess, ¿qué te pasa?

Abrió la puerta del dormitorio, pero lo encontró vacío. El pánico se apoderó de él.

–¡Tess! ¡Respóndeme!

Volvió a oír el gemido seguido por un débil:

–Estoy bien.

Se dirigió al cuatro de baño y la encontró doblada en el retrete, con un brazo alrededor de la cintura. El corazón se le detuvo.

Se acercó rápidamente a ella. Cuando Tess se incorporó, le dedicó una débil sonrisa.

–Nate, llegas temprano.

–Tess, ¿qué es lo que está pasando? –le preguntó mientras le apartaba el cabello del rostro. Parecía tan agotada, tan frágil–. ¿Es el bebé? ¿Te encuentras bien?

Ella se dio la vuelta para tirar de la cadena.

–Por supuesto. Se trata tan solo de unas náuseas.

–¡Pero si son las seis de la tarde! ¿A las embarazadas no les pasa por las mañanas?

Ella sonrió y se dirigió al lavabo para lavarse los dientes.

–Creo que este niño tiene algo de lío con las horas, pero normalmente no me pasa tan tarde.

Nate esperó con frustración a que ella terminara de lavarse los dientes. Cuando ella se disponía a salir por la puerta del cuarto de baño, le agarró el brazo para que se detuviera.

–Espera un minuto –dijo–. ¿Normalmente? ¿Quieres decir que has tenido náuseas antes?

–Algunas veces. Es normal.

Nate la siguió por el pasillo.

–¿Cuántas veces? –le preguntó al llegar a la cocina. Ella no le contestó, por lo que Nate supo que había sido en bastantes ocasiones–. Maldita sea, Tess. ¿Por qué no me lo dijiste?

Ella lo miró por fin y le dedicó una débil sonrisa.

–¿Crees que podríamos tener esta discusión en otro momento? Me siento un poco…

No pudo terminar la frase. De repente, se había puesto muy pálida.

Él lanzó una maldición al ver que ella se tambaleaba. La tomó entre sus brazos.

–Tranquila. Ya te tengo.

–Nate, déjame –protestó ella, pero no se resistió cuando él la llevaba al salón.

–Estoy bien…

Nate se sentó en el sofá con ella encima del regazo.

–Sí, bueno, yo no –musitó él, aliviado de ver que por fin el color le estaba volviendo a la cara. Le deslizó un dedo por la cálida piel y observó cómo el rubor se intensificaba. Cada vez que había ido a verla, se habían arrancado las ropas prácticamente en cuanto él entraba por la puerta. Todas las veces se habían tomado la cena fría. El apetito que sentían el uno por el otro era más insaciable que el que sentían por la comida. Nunca había habido muestras de que ella se avergonzara cuando él la desnudaba o cuando le hacía cosas que le hacían sollozar de placer y suplicar que la llevara al orgasmo. En aquella ocasión, solo porque la había visto vomitar, se había ruborizado.

–Te aseguro que estoy bien, Nate. Estás haciendo una montaña de un grano de arena –afirmó ella. Trató de levantarse del regazo, pero él se lo impidió.

–Quieta –murmuró él–. Me acabas de quitar diez años de vida. Necesito un momento...

Tuvo que contenerse para no recriminarle su actitud. No le había hablado de las náuseas por su maldita independencia. Sin embargo, él tampoco se lo había preguntado. Ni siquiera se había molestado en investigar lo que podría ocurrirle al cuerpo de Tess aquellos meses. Había estado demasiado ocupado disfrutando de su cuerpo. Sin embargo, todo eso iba a cambiar. No se trataba solo del roce, sino también de su amistad. Iba a cuidar de ella mucho mejor, tanto si a ella le gustaba como si no.

Tess trató de reírse al ver la mirada que Nate tenía en los ojos, pero sonó forzada. Entonces, él apretó la frente contra la de ella y le recorrió la cintura con los pulgares para luego colocarlos en las caderas. Tess sintió que el centro de su feminidad comenzaba a palpitarle. Las náuseas y la debilidad habían comenzado por fin a desaparecer. Cuando él continuó acariciándole suavemente, ella trató de ignorar la posesión de aquel gesto. Tragó saliva cuando Nate levantó la cabeza con los ojos llenos de preocupación.

–No me vuelvas a hacer eso, ¿de acuerdo?

Tess le dedicó una débil sonrisa. La ternura y la vulnerabilidad que vio en él le provocaron un nudo en la garganta. Parpadeó con furia. Jamás había esperado que él reaccionara de aquel modo. No le había mencionado lo de las náuseas porque no quería que él pensara que buscaba su atención. Simplemente, había dado por sentado que él probablemente no estaba interesado en los síntomas del embarazo. Había empezado a visitarla con regularidad, y eso le gustaba. El sexo era maravilloso, pero también disfrutaba de la compañía, tal vez demasiado.

Sin embargo, jamás había esperado aquel nivel de intimidad. No estaba segura de cómo poder afrontarlo. No quería necesitar que él estuviera allí, pero al mismo tiempo no podía negar que resultaba agradable que Nate la abrazara de aquel modo y que se preocupara por ella.

–¿Hay algo que te pueda traer? –le preguntó–. Creo que el *sushi* que he traído seguramente no debería formar parte de tu menú.

Tess arrugó la nariz. Le encantaba el *sushi*, pero no estaba segura de que no fuera a vomitarlo.

–La doctora Hillier me recomendó tostadas e infusiones.

–Bien –dijo él. La obligó a que se levantara y se puso de pie–. Quédate aquí. Voy a preparártelo.

–Nate, no importa. No sabes dónde están las cosas. Yo puedo...

Sin embargo, cuando trató de ponerse de pie, él le colocó las manos en los hombros y la obligó a sentarse.

–Tess, estoy seguro de que lo encontraré todo. Deja que lo haga, ¿de acuerdo? No es nada del otro mundo.

Nate se dirigió a la cocina tras dejarla sentada en el sofá. Tess trató de convencerse de que él tenía razón. Efectivamente, no era nada del otro mundo. Sin embargo, cuando se le puso el vello de punta no se sintió tan convencida.

De algún modo, la relación que había entre ellos había cambiado. Se había profundizado de un modo que había dejado de ser ya tan informal. Comprender aquello le aceleró los latidos del corazón.

–Siempre hueles tan bien por las mañanas –susurró Nate aspirando el aroma del cabello de Tess.

Le había rodeado la cintura con un brazo y tiraba de ella contra su cuerpo.

Tess sonrió al ver el oscuro cabello en el espejo del cuarto de baño. Él tenía el cabello aún húmedo por la ducha que acababan de compartir. La piel le vibraba agradablemente en el lugar donde Nate le estaba besando.

Tess dejó el rímel. Tratar de maquillarse con Nate en el cuarto de baño era misión imposible. Uno de los dos se ponía juguetón y ella terminaba reuniéndose con un cliente con un solo ojo maquillado como era debido.

Cuando Nate le colocó la mano en el vientre, a ella comenzaron a temblarle las piernas a pesar de que ya habían disfrutado lánguidamente del sexo al despertarse, hacía menos de media hora.

–¿Cómo está el peque? –murmuró él sin dejar de mordisquearle el lóbulo de la oreja.

Ella le cubrió la mano. Aquella noche, se había quedado a dormir por primera vez.

–El peque está bien –respondió ella tomando el rímel de nuevo–. Ahora, vete antes de que termine con media cara sin maquillar.

Nate protestó, pero dio un paso atrás. A Tess el pecho se le llenó de afecto mientras veía cómo centraba su atención en la corbata que debía ponerse. Tragó saliva al ver el gesto de concentración que en su rostro. Poco a poco, se había ido acostumbrado a sus pequeñas rutinas. Después de hacer el amor como locos, Nate la acurrucaba contra su cuerpo, colocándole la espalda en su torso y amoldándose a ella. Nate se levantaba a las seis sin dificultad, cuando ella no se sentía plenamente despierta hasta el mediodía. Y la arruguita que le salía en la frente cuando se abrochaba la corbata por las mañanas...

Se dio la vuelta y le apartó las manos para terminar de hacerle el nudo, algo a lo que también se había acostumbrado.

–¿Qué planes tienes para hoy? –le preguntó él.

–Eva va a venir por fin a almorzar con Carmine. Luego voy a ir a visitar ese hotel nuevo que hay en Half Moon Bay del que te he hablado como posible lugar para una boda.

–Bien –dijo. Tras comprobar el nudo que ella le había hecho, le levantó la barbilla con un dedo y la besó suavemente en los labios–. Supongo que no habrás pensado mi oferta de inversión.

Tess se dio la vuelta. No quería hablar de aquel tema, en especial cuando se sentía un poco frágil y disfrutaba teniendo compañía las mañanas que pasaban juntos.

–Te hablo en serio, Tess. Me interesa invertir en tu negocio. No entiendo por qué ni siquiera lo consideras.

Tess le buscó la mirada en el espejo.

–Sé que hablas en serio. Entonces, ¿por qué no me crees tú a mí cuando te digo que no quiero que inviertas en mi negocio?

–¿Por qué no? Eso es lo que hace precisamente mi empresa.

–Por la misma razón por la que tú ni siquiera quieres oír hablar de que redactemos un contrato de alquiler para esta casa. Porque no quiero tu dinero.

No era la única razón. Tess no podía decirle que el bebé debería ser el único vínculo entre ellos cuando terminara aquella relación de amigos con derecho a roce. Sería difícil seguir viviendo allí y verlo con frecuencia sin tener el problema añadido de tenerlo como inversor en su negocio.

–Tess –susurró él. La obligó a darse la vuelta agarrándola por los hombros–. Esto no tiene nada que ver con que yo te dé dinero. Es una inversión. Cuanto más capital tengas para ayudarte a empezar, más fácil será para ti...

–Ya te lo he dicho –insistió ella quitándole las manos de los hombros–. No necesito más capital. Los costes de inicio para la empresa han sido mínimos hasta ahora y empezamos con poco capital porque no queremos ser una empresa grande. Mira, accedí a que me añadieras al seguro médico de tu empresa, ¿verdad? Te dejé que crearas un fondo para el bebé. ¡Incluso acepté que no me dejaras pagarte alquiler por esta casa!

–No pienso dejarte pagar el alquiler y no sé de dónde te has sacado la idea de que lo consentiría. Aparte del hecho de que mi hijo estará viviendo aquí contigo dentro de cinco meses, yo mismo llevo viviendo aquí prácticamente tres semanas.

–Sí, pero eso no va a ser para siempre, ¿verdad? –murmuró.

Cuando él no lo negó, sintió que le daba un vuelco el corazón. Volvió a darse la vuelta. No quería que él viera su infelicidad.

Además, ¿a qué venía todo aquello?

Evidentemente, a medida que avanzara el embarazo, el sexo se haría cada vez más complicado, y dejarían de acostarse juntos. Serían solo amigos. Cuando naciera el bebé, tendrían cosas más importantes en las que concentrarse. Ya no habría tiempo para el sexo. Además, aquello era lo que habían acordado. Ninguno de los dos necesitaba más torbellinos emocionales en sus vidas. Sin embargo, ¿por qué esa justificación cada vez le parecía menos válida y el hecho de que Nate no fuera a verla más deprimente?

Iba a tener un bebé y de lo único delo que se preocupaba era de lo que iba a pasar entre ellos en el futuro. Se estaba disgustando por nada. Cuando ocurriera lo que tenía que ocurrir, lo afrontaría sin problemas.

–¿Podemos dejar de hablar de esto, por favor? –le preguntó, mirándolo de nuevo por el espejo–. No voy a dejarte invertir en mi negocio y no hay nada más que decir.

Nate le colocó las manos en las caderas y, una vez más, hizo que ella se diera la vuelta.

–Está bien, Tess. Lo dejaré estar, por el momento –prometió él mientras le acariciaba suavemente el labio inferior con el pulgar–. Ya hablaremos de ello en otro momento.

Tess ahogó un gruñido de frustración. ¿Acaso no había estado escuchándola? Sin embargo, antes de que pudiera volver a hablar, él le rodeó la cintura con los brazos y le dio un beso en los labios. Ella se lo devolvió instintivamente, concentrándose en la excitación del momento. Se agarró a sus hombros y se puso de puntillas para facilitarle el acceso. No obstante, estaba decidida a recordar que aquello era solo sexo.

Nate fue el primero que se apartó.

–Maldita sea. Tengo que marcharme. Ojalá no fuera así.

Tess sabía que lo decía en serio.

–No importa. De todos modos, Eva no tardará en llegar –susurró mientras le miraba el bulto delator que tenía en la entrepierna–. Por lo tanto, no tendremos tiempo de darle buen uso a eso.

–Eres una... ¿Cómo puedes decirme eso cuando voy a estar metido en un atasco casi una hora?

Tess se echó a reír. Así debía ser. Ligero, sin compromisos. Fácil. No faltaba mucho para que la relación se terminara. ¿Por qué estropear el tiempo que les quedara?

–Hasta muy pronto –le dijo él dándole el ya familiar azote de despedida en el trasero antes de marcharse.

A Tess le pareció que aquellas palabras se habían pronunciado con una cierta tristeza. Cuando oyó que se cerraba la puerta de la cocina, se acercó a la ventana del cuarto de baño para ver cómo se marchaba. La abrió con la intención de preguntarle cuándo volvería a verlo. No lo hizo. Era mejor así.

Terminó de prepararse para la visita de Eva. No quería volver a ponerse sentimental. Los dos habían decidido que su relación sería libre. Desgraciadamente, también habían decidido que tenía fecha de caducidad.

***

–¡Vaya! ¡Esta casa es maravillosa! –exclamó Eva mientras giraba sobre sí misma con Carmine en la cadera para admirar el maravilloso salón. El bebé no dejaba de patalear y de gorjear de alegría.

Tess los observaba desde el sofá con una sonrisa en los labios. Se alegraba de que Eva por fin hubiera ido a conocer su casa. Llevaba viviendo allí más de un mes y se moría de ganas por mostrársela a su amiga. Además, aquel día le vendría muy bien su compañía.

–Pues espera a ver la piscina. Es una maravilla.

–¿Hay piscina? Estás bromeando, ¿verdad?

–No. Pensaba que podríamos darnos un baño antes de almorzar.

Eva se echó a reír y comenzó a hacerle cosquillas a su hijo. El niño no paraba de reír.

–¿Qué te parece, Carmine? ¿Te apetece un bañito? No es de extrañar que tengas ahora un aspecto tan radiante –le dijo a Tess–. Esta casa es maravillosa. Ojalá hubiera venido antes. ¿Y no pagas nada de alquiler? ¡Eso es genial!

–Bueno, por el momento. Nate se muestra muy testarudo al respecto.

Tess esperaba que esa situación pudiera cambiar muy pronto. La semana anterior, había firmado su primer contrato con una maravillosa pareja que quería renovar sus votos de matrimonio mientras practicaban parapente. Se rio al pensar en lo que le estaba costando encontrar un cura que quisiera acompañarlos.

Por supuesto, sus ingresos aún no eran lo suficiente como para tener un sueldo decente, pero tenía muchas esperanzas para el futuro. Estaba segura de que ofreciendo un servicio original y personalizado a precios bajos conseguiría que Bay Banquets funcionara.

–¡Ah! Ahora es Nate, ¿no? Ya no es el de los fuegos artificiales. ¿Lo ves mucho ahora que estás viviendo en su casa?

–Un poco –respondió. No quería explicarle a Eva su relación porque ella era una romántica empedernida y Tess sabía que no lo entendería.

–¿Y cuánto es un poco?

–Un poco es un poco –le respondió Tess mientras se ocupaba en preparar las toallas que se iban a llevar a la piscina–. Es el dueño de esta casa, por lo que lo veo de vez en cuando. Y ha venido conmigo a todas las revisiones médicas y a la ecografía.

–¿Sí? Eso es maravilloso.

Había llegado el momento de cambiar de tema. Eva se estaba poniendo demasiado soñadora.

–Déjame que lleve yo a Carmine –dijo mientras le quitaba al pequeño de los brazos–. ¿Qué te parece si le miro el pañal mientras tú te pones el bañador? Te lo has traído, ¿no?

–Afirmativo, aunque me podrías haber dicho que hay piscina. ¡Nos imaginaba tirándonos al mar desde los acantilados!

Tess sonrió.

–Eso podemos hacerlo otro día, cuando Carmine sea lo suficiente mayor como para acompañarnos.

Eva se echó a reír.

–Toma –dijo dándole la bolsa que llevaba colgada al hombro–. Ahí tienes pañales limpios si los necesitas –añadió. Enterró la nariz en el trasero de su hijo y olisqueó–. Creo que podrías tener suerte.

Suspiró aliviada cuando Eva se dirigió al cuarto de baño sin volver a mencionar a Nate. Asunto terminado.

Diez minutos más tarde, resultó que Tess se había equivocado. De asunto terminado nada. Acababa de cambiar a Carmine en la cama de su dormitorio cuando Eva salió del cuarto de baño y se apoyó en el marco de la puerta con el frasco de colonia de Nate en la mano.

–¿Desde cuándo utilizas colonia para hombres?

Tess se acercó a ella y le quitó el frasco.

–¿Qué estás haciendo? ¿Registrar los armarios del cuarto de baño? –le preguntó. Tenía las mejillas muy sonrojadas.

–No he tenido que registrar. Estaba en la estantería que hay en la ducha, a la vista. Además, te has sonrojado. Y tú nunca te sonrojas.

Eva se acercó a la cama y tomó a su hijo en brazos antes de proseguir hablando. Tess estaba segura de que su amiga ya no iba a dejar el tema.

–Por lo tanto, estoy segura de que esa colonia pertenece al de los fuegos artificiales.

Tess le quitó el frasco y volvió a entrar en el cuarto de baño para meterlo en uno de los armarios.

–Se llama Nate –le dijo.

–¿Y?

–No hagas una montaña de un grano de arena. Se queda a dormir algunas veces. Eso es todo.

–¡Eso es fantástico! Sois pareja. Y tú vas a tener un hijo. Debería estar furiosa contigo. No me puedo creer que no hayas dicho nada de esto. ¿Por qué no lo conozco todavía?

–No te lo he contado porque sabía que harías esto. No somos pareja. No hay nada que contar. Es solo sexo.

–¿Sexo del bueno?

Tess soltó una carcajada y volvió a sonrojarse.

–¡Por el amor de Dios, Eva!

–Lo sabía. Te has vuelto a sonrojar. No es sexo del bueno, sino del mejor, ¿verdad? Con Dan jamás te ruborizabas.

–Sí, es sexo del mejor –confirmó Tess–. De hecho, no he disfrutado nunca nada igual. No hay nada más. No es una relación, así que no empieces a hacerte ideas sobre…

–Eso de «solo sexo» no existe. Siempre hay algo más. Además, vais a tener un hijo juntos…

–Nuestro acuerdo no tiene nada que ver con el bebé. Y no estamos a punto de tener un hijo. Faltan cinco meses para que nazca el bebé. Esto es solo para ahora, para los dos. Para disfrutar el momento. Para sacarnos el sexo de las venas.

Eva soltó una carcajada.

–¡Dios Santo! ¿Te estás escuchando? ¿Te has dado cuenta de lo raro que suena eso?

Tess giró la cabeza. Efectivamente, tras decirlo en voz alta, sonaba muy raro.

Eva entró en el cuarto de baño y le acarició suavemente el brazo para reconfortarla.

–En primer lugar, ¿para qué os lo queréis sacar de las venas si es tan bueno? ¿Te estás divirtiendo?

Tess se encogió de hombros. No podía ni mirar a su amiga.

Aquello era lo que Nate y ella habían acordado. Aunque sus sentimientos hubieran cambiado, los de Nate probablemente no.

–Tess, este último mes estás radiante. Nunca antes te había visto tan feliz. Más que eso, has estado tranquila y centrada. Yo pensaba que era por el nuevo negocio y la casa, y probablemente por el embarazo.

–Bueno, probablemente lo sea –susurró.

De repente, ya no pudo seguir mintiéndose. ¿Cómo podía haber sido tan idiota para dejar que ocurriera aquello cuando era lo último que necesitaba?

–No es ninguna de esas cosas, ¿verdad? O no solo por esas cosas. Es también por él. Es por el de los fuegos artificiales.

Tess empezó a sollozar. Sacó un paquete de pañuelos del armario.

–Por favor, deja de llamarlo así –musitó mientras se sonaba ruidosamente la nariz.

–No lo entiendo. ¿Por qué estás tan disgustada? Vais a tener un hijo juntos. Disfrutáis de la compañía del otro.

–Porque acordamos que lo nuestro sería exclusivamente una relación de amigos con derecho a roce.

–¿Amigos con…? –repitió Eva escandalizada–. ¿Pero qué significa eso?

–En su momento tenía sentido –respondió Tess. Ya no estaba segura de que lo tuviera.

Se sentó, le estaba empezando a doler mucho la cabeza.

–Me siento como si fuera un estúpido cliché.

–¿Por qué?

–No me puedo creer que haya caído con él cuando no es bueno para mí.

–¿Por qué? ¿Y qué tiene de estúpido enamorarse, a ver?

–Para empezar, no es bueno para mí porque me gusta mi independencia y él quiere estar al mando. Yo puedo ser muy impulsiva y él es muy responsable. Nada de eso va a hacer que nuestra relación sea ideal.

–La relación ideal no existe –replicó Eva–. La gente no está mágicamente hecha para otra persona. Eso sí que es un cliché. Todo empieza con una atracción mutua y de ahí sale todo lo demás.

Ojalá eso fuera cierto.

–¿Has hablado con él de cómo te sientes, Tess?

–¡Por supuesto que no! Solo llevamos un par de meses. Y ni siquiera estoy segura de lo que siento. Me parece que lo de enamorarse es una palabra demasiado fuerte para nosotros.

–Si tú lo dices… ¿Puedo darte un consejo?

–Sí, claro.

–No dejes que él lleve el mando en esto. Yo le dejé a Nick que lo hiciera porque me sentía demasiado insegura y tímida como para decir lo que quería o exigir nada. Dejé que él se marchara y hasta que no regresó, no tuve el valor de decirle lo que quería.

–De eso se trata precisamente. Yo no sé lo que quiero.

–En ese caso, eso es algo que tendrás que pensar, pero debes ser sincera contigo misma. No asumas que, porque él no ha dicho nada, sabe lo que quiere. Podría estar simplemente evitando la cuestión. Como te pasa a ti.

–¿Y si le pido más y eso no es lo que él quiere? –le preguntó a su amiga con voz temblorosa.

Sonaba asustada. Temerosa de pedir lo que quería por si él le decía que no. ¿Era esa la razón por la que la relación entre Nate y ella no había ido más allá? ¿Porque tenía miedo de que él le dijera que no? Además, ¿cómo sabía ella lo que él quería si no se lo había preguntado nunca?

–No me respondas a eso –le dijo a Eva antes de que su amiga pudiera contestarle lo evidente–. He sido una idiota, ¿verdad? No me puedo creer que haya caído en la idea esa de amigos con derecho a roce...

Podría haber algo verdaderamente bueno entre ellos. Aquello no tenía por qué ser el final. Podría ser un principio.

¿De verdad se iba a conformar con menos solo porque tenía miedo de admitir que quería más?

Capítulo Nueve

Nate se sobresaltó al escuchar el estridente sonido del intercomunicador de su piso y se derramó un poco del chili que acababa de calentar en el microondas en su camisa favorita.

–¡Maldita sea!

Consultó el reloj. ¿Quién demonios sería a las diez y media de un jueves por la noche?

Se levantó y se dirigió a la cocina para limpiarse la camisa mientras trataba de tranquilizarse ante la posibilidad de que pudiera ser Tess la que lo visitara a él aquella noche para variar.

No había ido deliberadamente a verla. Había decidido no acudir uno o dos días, después del modo en el que todo había parecido estropearse aquella mañana.

No quería estar a su lado porque quisiera tener sexo con ella a todas horas. Además de ser una mujer muy sexy, era ingeniosa, inteligente y completamente imprevisible. Nunca sabía lo que iba a hacer o decir a continuación. Su compañía le resultaba estimulante y excitante.

El timbre volvió a sonar. Se dirigió inmediatamente a la puerta y apretó el botón. La imagen de la entrada apareció en la pantalla.

–¡Tess! –exclamó al verla–. ¿Qué estás…?

–Hola, Nate –le interrumpió ella–. Siento pillarte por sorpresa, pero esta noche no has venido a verme y hay algo de lo que necesito hablar contigo. ¿Puedo subir?

–Claro.

Nate apretó el botón y trató de contener la intensa mezcla de adrenalina y excitación ante la perspectiva de volver a tenerla entre sus brazos.

–Hola, Nate –dijo ella tras darle un beso en los labios. Entonces, se zafó antes de que él pudiera dedicarle un saludo más íntimo.

–Espero que comprendas que te vas a quedar a pasar la noche aquí. No voy a consentir que regreses tú sola a tu casa a estas horas de la noche.

–¡Qué agradable invitación! –bromeó ella.

Tess estaba muy nerviosa cuando entró al salón. Respiró profundamente para armarse de valor y se dio la vuelta.

–Acepto, mientras yo pueda ponerme encima.

Nate le dedicó una sonrisa.

–No tenías elección en lo de aceptar, pero me gusta ser flexible en los detalles.

–Estoy segura de que nos podemos divertir mucho con las negociaciones.

Si todo iba como había esperado, aquella noche sería la primera de una nueva fase en su relación. Una fase sin cautela y sin limitaciones. Se había pasado el día hablándolo con Eva y sabía sin duda lo fuertes que eran los sentimientos que tenía por Nate. Tan fuertes eran que no había podido esperar a que él fuera a visitarla.

«Por favor, que todo salga bien...».

Nate se acercó a ella y le rodeó la cintura con los brazos.

–Me alegra que hayas venido –susurró–. Te echaba de menos...

–Yo también –replicó ella acariciándole los brazos.

Se había sentido tan contenta al escuchar aquella admisión que pensó que podría morir de felicidad. Si sus sentimientos habían sido tan fuertes como los de Tess desde el principio, lo único que ella tenía que hacer era conseguir que Nate los admitiera, ¿no? Habían sido unos necios negando lo evidente.

–Vamos a la cama –sugirió él–. Ya hablaremos mañana.

–No. Tengo que decirte esto ahora antes de que pierda el valor.

–¿Y qué es lo que me quieres decir? –le preguntó él con una sonrisa perpleja.

Tess se zafó de él y dio un paso atrás. Necesitaba ver su rostro cuando se lo dijera.

–Sé que en un principio acordamos que esto solo sería una relación de amigos con derecho a roce, pero esa situación ya no me parece bien.

–Sigue –dijo él frunciendo el ceño.

–Creo-creo que quiero algo más permanente que esto porque...

–Eso es genial –comentó él interrumpiéndola antes de que ella hubiera tenido ocasión de explicarse adecuadamente.

–¿Sí?

–Yo estaba pensando lo mismo.

–¿De verdad?

–Sí. ¿Qué te parece si me mudo esta semana?

–¿Mudarte? ¿Quieres decir venirte a vivir conmigo? –murmuró ella.

–Sí, por supuesto.

–Bueno, sí. Eso sería maravilloso si es lo que quieres –dijo ella tratando de deshacerse de su intranquilidad.

Le encantaría tenerlo en su casa todas las mañanas cuando se despertara y todas las noches cuando se acostara. En realidad, era ya casi como si él viviera con ella, por lo que el paso a dar no sería muy grande. Sin embargo, ¿por qué la sugerencia de Nate la había dejado tan planchada?

–Genial –dijo él tomándola entre sus brazos. Tenía los ojos llenos de entusiasmo–. No quiero que vivas allí sola en tu estado. Además, yo debo estar a tu lado en el parto. Ahora, vayámonos a la cama.

Tess tardó un momento en comprender. Entonces, la frágil barrera del optimismo y la esperanza se hizo pedazos.

–Espera un momento. Creo que no has comprendido lo que estaba tratando de decirte.

–Venga ya, Tess. Vayámonos a la cama ahora. Podemos hablar de los detalles por la mañana.

–No, no podemos. No me estás escuchando.

Nate se cruzó de brazos. Su impaciencia resultaba evidente.

–Bien. Di lo que tengas que decir, pero date prisa. Veo lo cansada que estás.

Tess respiró profundamente. Aquel aún podía ser el hermoso momento con el que ella había soñado.

–No estaba hablando de que te vinieras a vivir conmigo, al menos no específicamente.

–¿No te estarás echando atrás ya? Teníamos un acuerdo. Dijiste que te gustaba la idea y...

–Lo sé, lo sé y me gusta. Sin embargo, no has entendido lo que quiero decir. Esto no tiene nada que ver con el bebé. Estoy hablando de hacer que lo nuestro sea más permanente por lo que siento por ti. Quiero que estemos juntos. Los sentimientos que tengo por ti son mucho más profundos de lo que hubiera pensado que podrían llegar a ser.

En el momento en el que terminó de pronunciar las palabras que tanto había anhelado decir, se arrepintió de haberlo hecho.

En vez de parecer contento y emocionado por la noticia, Nate tenía una expresión vacía en el rostro.

–Estás bromeando, ¿verdad? –dijo, con el mismo entusiasmo que si ella acabara de darle una bomba sin explotar.

Tess trató de sonreír, pero no lo consiguió. Una parte de ella quería salvar su orgullo y mostrarse de acuerdo con él, fingir que solo había estado bromeando. Sin embargo, la otra quería aferrarse a la poca esperanza que aún le quedaba.

–No. No estoy bromeando. Supongo que lo que estoy tratando de decirte es que me he enamorado de ti, Nate.

–Tú no me amas. Es imposible –replicó él. La rígida expresión de su rostro era mucho más eficaz que una bofetada–. Dijiste que no querías implicar los sentimientos.

–Vaya… Esa no es la respuesta que había esperado.

Se sintió terriblemente expuesta bajo su mirada al ver que él guardaba silencio. Era el mismo modo en el que había reaccionado semanas antes en la carretera, cuando pararon para hablar. El sentimiento de abandono, de impotencia, solo quedaba parcialmente mitigado por la vergüenza que sentía al haber entendido incorrectamente la situación.

El dolor era tan fuerte que casi le impedía respirar.

–Mira, creo que debería marcharme. Tienes razón. Eso no es lo que acordamos –susurró ella mientras se dirigía rápidamente hacia la puerta–. Está bien, de verdad. No te preocupes…

Nate le agarró la muñeca y la sujetó.

–Tess, espera… No te vayas. No es… Es que me has sorprendido. No estaba esperando algo así…

Ella se zafó.

–Por favor, no te preocupes. Nate, no pasa nada…

Quería marcharse antes de que los sentimientos que le ardían en el interior le quitaran la poca dignidad que le quedaba. Consiguió llegar hasta la puerta y salir al exterior. Dio las gracias en silencio cuando las puertas del ascensor se abrieron inmediatamente.

–Maldita sea, ven aquí. Tengo que ponerme las botas.

Oyó que Nate salía por la puerta tras ella, probablemente mientras trataba de calzarse. Sin embargo, las puertas del ascensor se cerraron antes de que él pudiera llegar a abrirlas.

Tess sorbió por la nariz al escuchar cómo él golpeaba las puertas. No importaba. No podía permitir que aquello le importara. Fuera cual fuera la relación que había habido entre Nate y ella, ya no podía seguir existiendo. Lo que hubiera entre ellos sería por el bebé, tal y como debería haber sido desde el principio.

Le había dicho que no pasaba nada y así era. Simplemente había cometido un error. Un estúpido error. Ya debería estar acostumbrada. Ciertamente, no era la primera vez que le ocurría algo así.

Nate golpeó el puño contra la puerta de la cocina de la casita. El corazón amenazaba con salírsele del pecho y el estómago le ardía. Si Tess no estaba allí, no sabía qué era lo que iba a hacer.

Había bajado corriendo por la escalera del edificio cuando las puertas del ascensor se le cerraron en las narices, pero cuando llegó al aparcamiento ella ya se había marchado. Trató de llamarla al móvil un par de veces. Decidió volver a su piso a buscar las llaves del coche y la cartera.

No se escuchaba ni un solo ruido dentro de la casa. Golpeó con fuerza el puño contra la puerta. No podía sentir el dolor que esto le causaba. Su cuerpo había dejado de sentir en el momento en el que ella lo miró y le dijo que quería que estuvieran juntos porque lo amaba.

Lo primero que pensó era que no podía decirlo en serio. Lo segundo, en protegerse. Se había cerrado por completo y, antes de que lograra reaccionar para tratar de comprender sus sentimientos y los de ella, Tess había salido corriendo.

De repente, se dio cuenta de que no había probado a ver si la puerta estaba cerrada. Hizo girar el pomo y esta se abrió sin esfuerzo. La luz de la luna iluminaba el interior de la cocina.

Suspiró aliviado. Entonces, oyó un suave sonido de pasos y, antes de que pudiera reaccionar, la luz de la cocina lo cegó por completo.

–¡Nate! ¿Qué demonios estás haciendo aquí? Es medianoche.

Él se protegió los ojos hasta que pudo mirar a Tess. Iba vestida con un minúsculo salto de cama y tenía el cabello revuelto y un libro en la mano a modo de escudo. Nunca antes le había parecido tan hermosa. Sin embargo, el alivio se vio muy pronto reemplazado por la ira.

–¿Qué diablos te crees tú que estoy haciendo aquí? He venido a comprobar que has llegado bien a casa. Te dije que no volvieras tú sola.

–Estoy perfectamente, como puedes ver –dijo ella muy enojada. Arrojó el libro en la mesa con fuerza–, aparte del hecho de que has estado a punto de conseguir que me diera un ataque al corazón al dar esos golpes en mi puerta y luego entrar aquí en medio de la noche.

–No he tenido que forzar la puerta –le espetó él–. La puerta estaba abierta porque no tienes el sentido común de…

–¡Ah, vete de aquí! –gritó ella mientras se marchaba por donde había llegado–. Me vuelvo a la cama.

Nate echó a andar tras ella.

–Regresa aquí.

–Y no quiero que entres en mi dormitorio –añadió, antes de cerrar la puerta.

Él se lo impidió justo antes de que le diera con la puerta en las narices.

–No he venido a buscar sexo –aulló indignado. Entonces, se tranquilizó al ver el gesto de tristeza que ella tenía en el rostro.

–¿No? ¿Y qué otra cosa hay entre nosotros?

Al ver que Tess estaba a punto de echarse a llorar, Nate se sintió el peor de los canallas. Le había hecho daño con aquella reacción tan egoísta.

–¿Podemos hablar?

Tess se secó un lágrima con gesto de impaciencia. En ese momento, Nate se sintió como si alguien le clavara un cuchillo ardiendo en el corazón. ¿Qué había hecho? ¿Lo había estropeado todo?

–No, creo que no. Solo me resultaría más humillante.

–¿Humillante? ¿Cómo?

–¿De verdad tengo que explicarte por qué?

–Sí, supongo que sí –susurró él. Extendió la mano para acariciarle la mejilla, ofreciéndole así el único consuelo que sabía darle.

Sin embargo, ella apartó el rostro. En ese momento, Nate sintió un profundo desconsuelo. Había cometido un terrible error, pero ¿por qué quería castigarle por ello?

–Te dije que te amaba y te sentiste horrorizado. ¿De qué serviría? No sé cuánto más de humillante podría ser la situación…

–No me sentí horrorizado.

–¿No? Pues lo parecías.

–Yo no… –susurró mientras se mesaba el cabello con las manos–. ¡Demonios!

Se dio la vuelta y regresó al salón.

Tess lo siguió, atraída por la necesidad de saber por qué había reaccionado de aquel modo. Tal vez así conseguiría aliviar el dolor de saber que no era lo suficientemente buena para él. Nate se sentó en el sofá y se cubrió el rostro con las manos.

–No era horror, sino terror.

Tess se sentó a su lado y le colocó una mano en la rodilla. Sintió que le temblaba incontrolablemente bajo los dedos.

–¿De qué sentías terror, Nate?

–De mí mismo. Me dijiste que querías estar conmigo. De repente, supe que me había estado mintiendo. Quería mudarme contigo por mí, no por el bebé. Sin embargo, me aterra desearlo por si lo fastidio todo.

–¿Y por qué lo ibas a fastidiar?

–Porque he querido tener esto antes. Lo quería tanto que no pude controlarlo y, entonces, también lo estropeé –murmuró sumido en una profunda tristeza.

Ella se apretó los dedos contra los labios. Las lágrimas en aquella ocasión eran de alivio.

–¿Por qué estás llorando, Tess?

–Son lágrimas de felicidad –susurró.

Se levantó para sentarse en el regazo de Nate, a horcajadas.

–Nate, lo más probable es que los dos vayamos a estropear las cosas de vez en cuando. No hay garantías.

–Eso ya lo sé, pero no quiero defraudarte.

–Esto es un viaje, no el destino final. Lo único que tienes que hacer es desear hacer el viaje conmigo. Eso es todo.

–Nunca antes he amado a nadie y estoy seguro de que nadie me ha querido a mí. No sé lo que hay que hacer…

–Nate…

Ella lo abrazó con fuerza, deseando poder sacar al niño que había en su interior, al niño al que debían haber adorado y que, sin embargo, habían descartado sin pestañear.

–Yo tampoco he amado nunca a nadie, pero no creo que sea tan difícil. Si me prometes no volver a sentir miedo, te prometo no reaccionar de manera exagerada –susurró ella poniéndole una mano en la mejilla.

–Está bien.

–También ayudaría que prometieras no mostrarte demasiado protector. No eres responsable de mí. Se me da muy bien cuidarme sola.

–En eso no hay trato, Tess. No siento responsabilidad sino mucho más que eso. Quiero cuidarte a ti y a nuestro bebé. Sería mucho más fácil si me lo permitieras.

–Está bien –murmuró ella–, pero solo con la condición de que yo también pueda cuidarte a ti.

Nate se inclinó sobre ella para darle un beso.

–Trato hecho.

Tess abrió la boca para dejar entrar la lengua de Nate y sellar así el acuerdo que acababan de realizar de la mejor manera posible. Él comenzó a acariciarle el trasero y la obligó a acomodarse encima de él. En ese momento, Tess experimentó una extraña sensación, parecida al aleteo de una mariposa, debajo del ombligo. Se sobresaltó y estuvo a punto de levantarse.

–¿Qué es lo que pasa?

–Nada, nada –susurró ella muy emocionada–. Creo que el bebé me acaba de dar una patada.

Nate le colocó las manos en el vientre. El pequeño movimiento volvió a producirse, para su asombro.

–¡Vaya! –exclamó–. Es maravilloso... Es un campeón, ¿verdad?

Tess se echó a reír y los dos se abrazaron. Ella no se había sentido tan amada y protegida desde que era una niña.

Epílogo

Tess dejó escapar un gruñido cuando el dolor le desgarró el abdomen. Entonces, jadeó mientras contando a la vez.

Estaba tumbada en la cama, agarrada a la sábana esperando que pasara. Se acarició el vientre y se volvió a mirar a Nate. Extendió una mano y se la colocó suavemente en el hombro.

–Nate, despiértate. Ha llegado la hora.

Él abrió los ojos. Estaba tan dormido aún que no lograba enfocar la mirada.

–¿Eh? ¿Qué pasa?

–Estoy de parto. Creo que nos deberíamos ir al hospital.

Nate abrió los ojos de par en par y se incorporó inmediatamente en la cama.

–¿Dónde está la maleta? –dijo frenético.

–Está debajo de la cama –respondió ella.

Tess observó con satisfacción cómo Nate la ayudaba a levantarse de la cama y comenzaba a organizar la marcha al hospital. Él había sido capaz de romper todas las barreras con las que ella se había protegido el corazón y le había demostrado que merecía ser amada.

Brandon Zane Tremaine Graystone nació dieciséis largas horas más tarde, con un saludable peso de casi cuatro kilos. Tess lo acogió entre sus agotados brazos y sonrió. Tan solo hizo un gesto de dolor cuando el pequeño se le agarró al pezón y comenzó a mamar.

–¡Qué alivio! –exclamó mientras su futuro esposo se inclinaba para acariciarle el suave cabello oscuro al bebé.

Nate le dio un beso en la sien. Tenía la fatiga también grabada en el rostro, pero estaba desapareciendo rápidamente por el orgullo de ser padre.

–¿Ves? Te lo dije. No lo hemos hecho nada mal.

Tess se echó a reír y lloró lágrimas de felicidad. Sus temores se disiparon mientras los dos contemplaron absortos y con la mirada repleta de amor incondicional a su hermoso, perfecto y maravilloso hijo.

Deseo

Noche secreta

YVONNE LINDSAY

Ethan Masters descubrió un secreto familiar que zarandeó sus cimientos y lo catapultó a tener una aventura de una noche con Isobel Fyfe, una desconocida, algo nada propio en él. Además, presa de la desesperación, le reveló aquel inquietante secreto. Sin embargo, cuando Isobel apareció en su bodega, contratada por su hermana, Ethan se dio cuenta de que estaba metido en un buen lío. ¿Podía confiar en que ella no revelara su secreto? ¿Podía confiar en sí mismo para no acercarse a Isobel? Estaba en juego el bienestar de su familia y él estaba jugando con fuego… porque la deseaba.

Quería mantenerla callada… y en su cama

¡YA EN TU PUNTO DE VENTA!